JN015041

サラリーマン川柳 とびきり傑作選

選 やくみつる やすみりえ 第一生命

NHK出版 編

とびきりの癒しを

第一生命

『サラリーマン川柳　とびきり傑作選』をお手に取ってくださった皆様、ありがとうございます。令和も二年目となりました。年に一度、こうして皆様にサラリーマン川柳傑作選をお届けできますこと、大変嬉しく思います。

一九八七年に募集を開始しましたサラリーマン川柳も、第三十三回を迎えることとなりました。永きにわたるご愛顧に感謝申し上げます。

二〇二〇年、本来ならオリンピックイヤーとなるはずのこの年、世界を未曾有の状況が襲っています。突然の生活の変化を余儀なくされ、とまどい、また苦労されている方が多いのではないでしょうか。この先一体どうなるのか、不安な日々を過ごされていることと思います。

そんな中で、ささやかながら皆様に楽しんでいただきたいと、この傑作選をお届けいたします。しばし二〇一九年に想いを馳せていただければ幸いです。

今回も、五万三〇〇〇を超える多くの作品をお寄せいただきました。ご応募いただいた皆様には心より感謝申し上げます。いずれ劣らぬ〝とびきり〟の傑作が揃いました。どうぞゆるりとお楽しみください。

サラリーマン川柳とびきり傑作選
目次

第一生命

※掲載した作品の一部は、編集部の方針で表記を訂正しています。
※雅号は、すべて応募者の表記にしたがっているため、一部当て字等での表記で掲載しています。

選者紹介

やくみつる Yaku Mitsuru

1959年、東京都世田谷区生まれ。漫画家。早稲田大学商学部を卒業後、出版社勤務を経て、漫画家デビュー。96年に第42回文藝春秋漫画賞を受賞。テレビのコメンテーターやエッセイストとしても活躍し、好角家として日本相撲協会外部委員も務めた。世界のトイレットペーパーや有名人のタバコの吸殻など珍品コレクターとしても知られる。日本昆虫協会副会長。週刊誌などへの雑誌連載も多数。

やすみりえ Yasumi Rie

1972年生まれ。川柳作家。兵庫県神戸市出身。川柳作家。恋愛をテーマとした独自の川柳作品を発表するかたわらテレビ・ラジオ・新聞・雑誌の川柳コーナーの選者を多数務める。企業等の公募川柳の選者・監修も担当。初心者対象のワークショップを各地で開催し、好評を得ている。句集に『ハッピーエンドにさせてくれない神様ね』『召しませ、川柳』、監修『50歳からはじめる、俳句・川柳・短歌の教科書』等多数。全日本川柳協会会員。

第一生命 Dai-ichi Life

1902年9月15日、日本で最初の相互主義による保険会社として設立され、2010年4月、株式会社へ組織変更する。1987年、第1回「第一生命サラリーマン川柳コンクール」を開始し、全国から句の募集を行う。その優秀作は大きな話題となり、各地での「サラ川」ブームのきっかけとなる。今回の募集でサラリーマン川柳は33回を迎え、過去からの応募総数は124万句を超えた。ユーモアに富んだ句のそれぞれが、世相や時代を反映するものとして、大きな注目を集め続けている。

第一章

第三十三回サラリーマン川柳
ベストテン

第一生命・やくみつる・やすみりえ

サラ川ファンの皆様！　全国約八万七千人からの人気投票による第一生命選と、サラ川ご意見番の漫画家・やくみつる選、川柳作家・やすみりえ選による第三十三回サラリーマン川柳ベストテンをお披露目いたします。

第一生命選　全国人気投票ベストテン

第一生命ベスト 1 三六九九票

我が家では
最強スクラム
妻・娘

コラプシング

第一生命ベスト 2 二七二二票

パプリカを
食べない我が子が
踊ってる

一歳毎日パプリカビデオ

×!!
にがいもぉ〜ん
βカロテンがビタミンAに変わるの!!

第一生命ベスト3　二四四三票

話聞け！スマホいじるな！「メモですが」

オジサン

第一生命ベスト4 二三七九票

おじさんは
スマホ使えず
キャッシュです

リタイヤ組

法定通貨で。
チッ
めんどクサ

第一生命ベスト5　一九九〇票

たばこ辞め
それでも妻に
煙たがれ

電子オヤジ

第一生命ベスト6
一九〇三票

足りないの？
そもそも無いよ
2000万

老後が心配

あるわけないだろが――!!
2000万.
どこ捜しても
ないなあ…

登録が
ストレスだらけの
キャッシュレス

デビューじじい

キャッシュレス。
登録めんどくさくて
ヒペイ
疲弊した〜〜。

第一生命ベスト8 一六九七票

ジジババも
子育て参加
ワンチーム

森の一抹の不安

お風呂は
つかりは
おムツ替え
ましょ
炊事
買い物
任せろ…!

第一生命ベスト 9

一五九〇票

ギガバイト
時給いくらか
孫に聞く

昭和残党

オマエ
ギガ屋さんで
働いとるんか

第一生命ベスト 10 一五八七票

「早よ、帰れ！」
言ってる上司が
帰らない

勤務管理者

第一生命

総評

あの平和なニッポンの日々がココに

一九八七年にスタートしました「サラリーマン川柳コンクール」も皆様のご支援のおかげをもちまして、今回で三十三回目を迎えることができました。この場をお借りしまして、心より御礼申し上げます。

さて、今回の第三十三回コンクールは、令和最初に応募いただいた作品となりました。サラリーマン川柳は昭和の時代に生まれ、平成の時代に大きく成長を果たし、令和の時代に入ってもさらに進化を続けています。働き方改革をテーマにＡＩ参入による業務効率化、変化する上司と部下の関係性など職場で奮闘するサラリーマンの姿や苦労をユーモラスに詠んだ作品が数多く集まりました。また、キャッシュレスやラグビーブームなど世相を反映した句も多く寄せられました。今回の応募総数は五三、一九四句と、二〇〇〇年代に入ってからでは第三十回記念大会時の応募総数五五、〇六七句に迫る、二番目に多い作品が寄せられました。そして弊社にて選定した優秀作品一〇〇句に対し、全国人気投票を実施した結果、こちらの句が栄えある第1位に選ばれました。

我が家では最強スクラム妻・娘　コラプシング

昨年、日本はかつてないほどのラグビーブームに。「スクラム」というラグビー用語を巧みに用いながら家庭では妻と娘には頭が上がらない、そんなサラリーマンの肩身の狭さがヒシヒシと伝わってくる作品です。「我が家も同じ」、「納得」といった共感の声が幅広い世代から集められ、多くの人を笑顔にしました。

おじさんはスマホ使えずキャッシュです　リタイヤ組（第一生命選4位）

万一にキャッシュ握って初ペイペイ　現金主義（第一生命選29位）

割勘も新入社員はペイでする　キャッシュレス（第一生命選46位）

キャッシュレス決済によるポイント還元事業がスタート。これを機にキャッシュレスに挑戦してみるものの、その波に乗り切れないことへの苦労やもどかしさが感じられます。その様子が「まさに自分のことだ」と多くの共感を得ました。

足りないの？そもそも無いよ２０００万　老後が心配（第一生命選6位）

還暦はゴールじゃなくて通過点　大吉（第一生命選11位）

令和元年、「老後２０００万円問題」が大きな話題に。老後の暮らしへの不安、還暦を迎えても安心できないといった胸の内を詠んだ句が多数。「共感度

１００％！」、「時代を感じる」など誰もが感じている想いをストレートに表現している作品が多くの支持を得ました。

今回で三十三回を迎えたサラリーマン川柳コンクールは、新しく始まった令和の時代になっても、流行・世相を背景に巧みに取り入れて、職場や家庭の何気ない日常を重ね合わせた名句を生みだしました。ベストテンをはじめ、本書の川柳には、あの平和なニッポンの日々が描かれております。次回のコンクールでは未曽有の困難を乗り越え、笑い飛ばす人々が描かれることでしょう。まさに「新時代を映す鏡」として進化しつづけています。これからも、皆様に支えられながら、いつまでも、どこまでも続けていく所存です。

今後も変わらぬご支援をよろしくお願い申し上げます。

やくみつるベスト 1

やくみつる選　ベストテン

薄給を貯めてポツンと一軒家

ゴマメの歯ぎしり

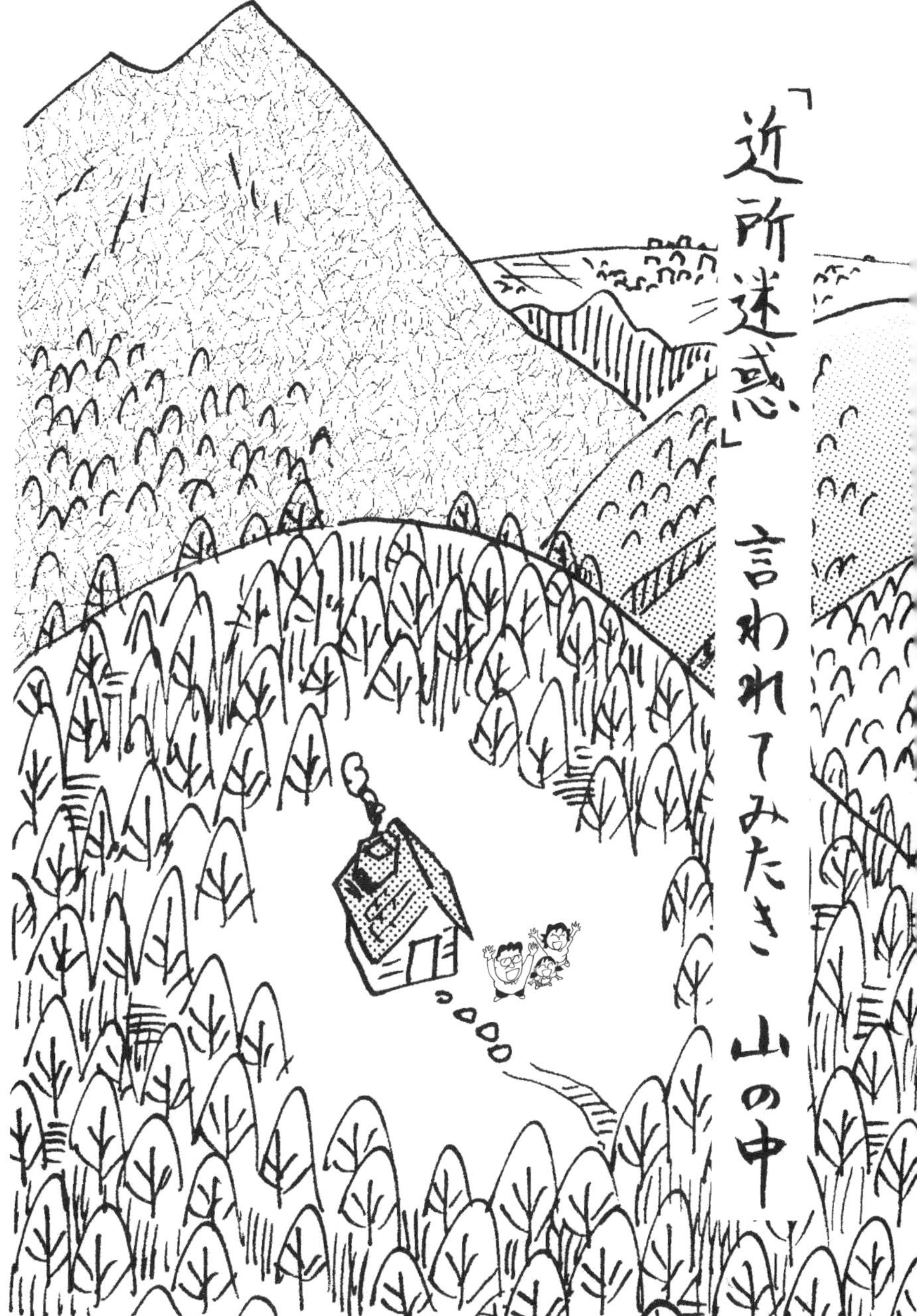
「近所迷惑」言われてみたき 山の中

お小遣い
値上げトライも
逆ジャッカル

リーチしないマイケル

ジャッカルが
小遣い掠め
容赦なし

十を聞き
一を忘れる
再雇用

紙風船

「へ」聞くも
聞いたそばから
もう忘れ

やくみつるベスト 4

課長より
前に出たなら
オフサイド

ペナルティ

パス寄越せ
課長声出す
ゴール前

もう来たの？
ウーバーイーツと
我が夫

ケンタイキー

「おまちどおゝ」
ウーバーと夫(つま)
早や お越し
UBER
eats

やくみつるベスト 6

マイホーム今や二人でシェアハウス

還暦亭主

シェアハウス
二階は何を
する妻ぞ

割勘も
新入社員は
ペイでする

キャッシュレス

ペイペイが
小賢しくあり
「ペイ、ペイ」と
P
Pay
Pay
Pay
1000

居場所なく
近所のベンチで
テレワーク

通勤し隊

テレワーク
ひと足早く
実践(や)っており

健康はアプリとサプリで管理する

豆助

快適を
まずは お試し
価格から

一日で
イクメン名乗って
怒られる

そへ

イクメンを名乗る"第二子"手がやける

ママ〜
こっちもごはん〜♪

一日イクメンパパ

なんと平穏な世の中だったのだろう

総評　やくみつる

そりゃ昨年、二〇一九年とて悲しい事件が起きたりはしたけれど、世のサラリーマン諸氏が身のまわりの日常を川柳に詠む範囲では、何と平穏な世の中だったのだろうと、今にしてみると実感するわけです。手垢のついた表現になってしまいますが、それこそ「隔世の感」すら感じる。ラグビーのワールドカップでの日本代表チームの躍進に沸きに沸いた日々――それって去年の話でしたっけと問うてみたくもなります。それほどに明けて令和も二年の二月あたりから、想像だにしなかったどエライことになってしまっている。

ですのでサラリーマン川柳応募作を鑑賞する際には、どうか束の間、脳内時計を平成三十一年～令和元年に戻していただきましょう。そんな中、私の選んだベストワン川柳は――

薄給を貯めてポツンと一軒家　　ゴマメの歯ぎしり（やく選1位）

実のところ私、あの番組は一度も視たことはないんですが、これはウマいなぁ。ようやく建てたマイホーム。だけれど予算の関係で通勤圏のはるか外側。直近の住宅街からもはるか遠く、周りは手つかずの山林が生い茂る。だけれど考えようによっては山ひとつ自家の庭のようなもの。以前、そんな土地に建つ家を別の番組のロケで伺ったことがありますが、むしろ羨むべき環境でした。「そんなことを言えるのも、たまに訪れるから！」と、家主に叱られかねませんが。

お小遣い値上げトライも逆ジャッカル　　リーチしないマイケル
（やく選2位・第一生命選36位）

昨年度のサラリーマン川柳でもっとも多く詠まれた材料は、第一生命選の1位句にもあるように、やはり圧倒的にラグビーワールドカップ。中でも新語・流行語大賞に輝いた「ワンチーム」は、サラリーマン諸氏の心にも深く刺さったと見え、多くの投稿氏に扱われておりました。しかしあえてそこを狙わず、なおかつライバルたちの猛タックルを躱（かわ）してやく選2位を勝ち取ったのがジャッカルの句。中継の解説を聞いてもルールの細部まではわからずじまいだったんですが、とりあえずは「掠（かす）め取る」プレーと、強く納得したもんです。

一方、サッカー由来では、

課長より前に出たならオフサイド　ペナルティ（やく選4位）

しかもオフサイドの笛（ホイッスル）は、ワンチームと心得、ともに戦っていたはずの課長自身が吹いているんですからね、これはたまりません。ゴール直前でごっつぁんパスをまわして差し上げないと？

十を聞き一を忘れる再雇用　紙風船（やく選3位）

私の同級生の中にも、勤め先によっては定年→再雇用の道を歩む人間が現れ始めました。その誰もが給与の大幅ダウンに苦笑しながらも、どこか達観したような安堵感を漂わせている。再雇用してもらえただけで儲けものというところなんでしょうか。そこへいくと私なんぞ、頑としてパソコンを始めようとしないし、スマホも持とうとしない。再雇用どころかとっくにクビになっていたろうと思いますね。たまさかそれを免れていたとして、見かねた若い者が手ほどきしてくれても、端（はな）っから「一」を覚える気がないんですから、処置ナシ、か。

もう来たの？ウーバーイーツと我が夫　ケンタイキー（やく選5位・第一生命選77位）

これもまた私は一度も使ったことはないけれど、街中でロゴの入った大型リュックを背負い、自転車を疾駆させる配達員を多く見かけます。ウーバーイーツでご飯を注文したら、配達してくれたのは会社に出勤したはずの我が夫だった――なんてことも現実に？

マイホーム今や二人でシェアハウス　還暦亭主（やく選6位・第一生命選18位）

何やら愛情の冷めきった夫婦関係を自虐的に嗤（わら）っているような一句ですが、そんなことありませんって。間取りさえ許すならば、シェアハウスにしたことありません。私なんぞ新婚旅行から帰ったその晩からシェアして住んでますから。

割勘も新入社員はペイでする　キャッシュレス（やく選7位・第一生命選46位）

ああ、面倒クサイったらありゃしない。第一生命選ベストテンにキャッシュレスをディスる川柳が二句入っていることからも明らかなように、何を好き好んで○○ペイとかに乗り換えなきゃならないの。私は外出前には小銭入れの中に最低でも五百円硬貨×1、百円×4、五十円×1、十円×4、五円×1枚、そして一円アルミ貨を4枚入れます。千円未満の買い物でもキッカリ支払うための、長年続けている下準備にほかなりません。この作業もまた楽し、です。

居場所なく近所のベンチでテレワーク　　通勤し隊（やく選8位・第一生命選92位）

令和二年度の募集ではおそらく最頻出語となるであろう「テレワーク」をひと足先に詠み込んだ一句。テレワークの理由が劇的に変化した次年度は、こんな呑気なことも言っていられなくなりそうな。

健康はアプリとサプリで管理する　　豆助（やく選9位・第一生命選31位）

私はもっぱらサプリ派。詳しくはWebで（?）。

一日でイクメン名乗って怒られる　　そへ（やく選10位・第一生命選57位）

ミルク代やオムツ代を稼いで来るのも立派なイクメンだと思うんだがなぁ——などと呟こうものなら、今時まだそんな化石みたいなことを！　と炎上か。こちら第10位。

やすみりえベスト 1

定年後
孫のお迎え
本業に

お迎えママには負けないジージ

やすみりえベスト 2

マイホーム
今や二人で
シェアハウス

還暦亭主

半額の
札を張られた
再雇用

ピアノカフェ

やすみりえベスト 4

スクラムを
組んでたはずが
オレひとり

あれれ

若手呼ぶ
連れて来たのは
五十代

田舎の建設業

やすみりえベスト 6

真っ先に
連休探す
カレンダー

怪傑もぐり33世

焼き鳥屋
盛られた串が
グチの数

温州みかん

やすみりえベスト 8

灯り点く
家に帰れる
だけでよし

家内安全

新旧の
元号紡ぐ
平和の字

紗幕

やすみりえベスト 10

後輩が
見て見ぬフリを
見て学ぶ

東洋の真珠

移り行く時代、見慣れた場面から

総評　やすみりえ

川柳は人間を詠う五・七・五。だから気負わずに、私たちの日常を素直に表現することができます。いつもの見慣れた風景を十七音の言葉で的確に切り取れば、それこそが時代を映す一句になります。また、ささやかな心のつぶやきも、多くの共感を得て大注目を浴びる一句になったりして。私たちは「サラリーマン川柳」を通してそれを目の当たりにしてきたように感じます。そして今年もまた、その楽しさを共有できる一冊を皆様にお届けでき、嬉しい限りであります。と同時に、目に見えぬウイルスのせいで彩りある毎日を遠くに感じていることも否めません。私の選んだベスト10は十七音の定型であることや、ポンと膝打つ納得と共感の〝膝ポン川柳〟であることが基準。講評と合わせて、入選作品を味わってみてください。

定年後孫のお迎え本業に　　お迎えママには負けないジージ（やすみ選1位・第一生命選49位）

定年後の生活ぶりを詠んだ句は、もはやサラリーマン川柳の定番。充実した日々が描かれていることも多く、現役世代に向けた明るいメッセージのように感じます。何かに追われることなく、自分のペースでゆったりと過ごせたらどんなにいいでしょう。けれどこの一句は、孫のお迎えが「本業」。真剣に取り組んでいる姿が見えてきます。それゆえ、ご本人のチョイスした言葉が「アルバイト」や「副業」ではないのでしょう。ましてや「定年後孫のお迎え趣味程度」などとはいかず。

お迎えを頼んでくる息子や娘、そして孫にさえ振り回されている雰囲気を感じずにはいられませんでした。三世代の姿が見えてくるこの作品、孫への愛情はもちろん、働き方が大きなテーマの現代を映した川柳とも言えそうです。

マイホーム今や二人でシェアハウス　　還暦亭主（やすみ選2位・第一生命選18位）

子が巣立ち、すっかり静かなマイホーム。妻と二人の生活は、一人暮らしがふたつ並んでいるようだと感じたのですね。食事も外出もそれぞれのペース。干渉しないことが一番のルールなのかもしれません。そうなると「シェアハウス」という表現があまりにもぴったりすぎて、思わず納得してしまいました。

半額の札を張られた再雇用　ピアノカフェ（やすみ選3位）

〝半額の札〟って本来嬉しいもの。でもそれがポンッと自分についたとしたら、意気消沈ですね。半額になるにはそれなりの理由があるからなのですが……（涙）。シビアな現実をまるでスーパーのお刺身売り場のようにとらえました。ちなみに「張られた」は「貼られた」の表記のほうがしっくりくるかと思います。

スクラムを組んでたはずがオレひとり　あれれ（やすみ選4位）

日本中を熱くさせたラグビーワールドカップ後、「ワンチーム」という言葉が定着しました。スポーツだけではなく、さまざまな場面で使われるようになった印象です。おのずと皆さんからの応募作品の中にも、よく使われておりました。心をひとつにしたい時、その気持ちを盛り上げてくれる魔法の言葉ですよね。オフィスで掲げた「ワンチーム」、自分だけが頑張っていたなんて、何とも悲しすぎます。

若手呼ぶ連れて来たのは五十代　田舎の建設業（やすみ選5位・第一生命選32位）

どうやら近ごろ実際にこのような場面があちこちで見受けられるようです。当の五十代の人たちにしてみれば「あれっ、若手って言われてるよ？」と腑に落ちない感覚なのではないでしょうか。これまでイメージしてきたことが覆される人生一〇〇年時代なのであります。こうした川柳が今後増えていきそうな予感です。

真っ先に連休探すカレンダー　怪傑もぐり33世（やすみ選6位）

こちらはいつの時代も変わらない、休日を楽しみにする様子を詠んでいます。「真っ先に」という動きのある言葉で、心情もいきいきと表現できています。

昨今は国の施策で連休そのものが増えたこともあり、カレンダーを見て「へぇー、今年はここが連休になるとは！」と気付かされることもしばしばです。そしてある意味、私にはとても親近感のある一句。〝やすみ〟が題材だけに……。いやはや、お後がよろしいようで。

焼き鳥屋盛られた串がグチの数　温州みかん（やすみ選7位）

今にも縄のれんの向こうが見えてきそうな情景が川柳になっています。パチッ、パチッ、と勢い良くはじける炭火の音も聞こえてきたりして……。そう言えば最近は、国産のいい炭がなかなか手に入りにくいのだそうですね。お値段も上がっているそうで。先日、たまたま入った焼き鳥屋の女将さんがそれをちょっぴりボヤいていました。働く人の数と同じだけあるグチの数。このサラリーマン川柳がどーんと受け止めますよ！

灯り点く家に帰れるだけでよし　家内安全（やすみ選8位）

この句、しみじみとします。いいところを突いてます。家族の待つわが家を眺め、等身大の幸せをかみしめているのでしょう。〝だけ〟で良し、というフレーズに味わいがありました。控えめに輝く星のような、普遍的なサラ川ではないでしょうか。

新旧の元号紡ぐ平和の字　　紗幕（やすみ選9位）

元号が変わる歴史的瞬間を目にし、新たな思いと共に詠まれたであろう川柳です。「平成」の「平」と「令和」の「和」。紡ぐ、という言葉が優しく響く一句です。

後輩が見て見ぬフリを見て学ぶ　　東洋の真珠（やすみ選10位）

「見」という字を三回続けて、テンポ良く仕上げています。加えて、見て見ぬ「振り」ではなく「フリ」とカタカナ表記し、作品全体に軽やかさも演出されました。また、「見て見ぬフリ」そのものについて肯定も否定もしていないところも興味深いです。見て見ぬフリ、人間関係を円滑にするために、時にはとても必要だったりするわけで。何もかもを客観的にとらえて描いた川柳です。

第一生命選　全国人気投票ベスト100

全国から寄せられた川柳5万3194句の中から選ばれた傑作100選!!　力作揃いの作品の中から、全国サラ川ファン約8万7千人の投票によって決定したベスト100句を改めてご紹介いたします。

第1位　我が家では最強スクラム妻・娘　コラプシング

第2位　パプリカを食べない我が子が踊ってる　一歳毎日パプリカビデオ

第3位　話聞け！スマホいじるな！「メモですが」　オジサン

第4位　おじさんはスマホ使えずキャッシュです　リタイヤ組

第5位　たばこ辞めそれでも妻に煙たがれ　電子オヤジ

第6位 足りないの? そもそも無いよ2000万 老後が心配

第7位 登録がストレスだらけのキャッシュレス デビューじじい

第8位 ジジババも子育て参加ワンチーム 森の一抹の不安

第9位 ギガバイト時給いくらか孫に聞く 昭和残党

第10位 「早よ、帰れ!」言ってる上司が帰らない 勤務管理者

第11位 還暦はゴールじゃなくて通過点 大吉

第12位 「今日残業」送ると妻から1いいね カモねぎ

第13位 できる人昔残業今休暇 印刷太郎

第14位 会議数減らせないかと会議する 働かない改革

第15位 平成についていけずに令和来る 喜夢多来

第16位 アレクサは何科の草か孫に聞き しゃま

第17位 ハイハイがとても上手な孫と部下 クリちゃん

第18位　マイホーム今や二人でシェアハウス　還暦亭主

第19位　定年や辞めるに辞めれぬ2000万　トム？・ソーヤ！

第20位　飯はいいそう言う前に飯はない　ウルトラの父

第21位　ラグビーで一家団らんワンチーム　染塩

第22位　二次会を断るつもりが誘われず　光源氏

第23位　リーチです昔麻雀今マイケル　りのんぱ

第24位　食事摂る？今の時代は食事撮る？　むねきち

第25位　初めてのデートにトライNO再度　トークブロックス

第26位　ノーサイド笛が鳴らない我が職場　ヒデキ

第27位　長時間会議で決めた時短案　北鎌倉人

第28位　この脂肪筋肉だったらラガーマン　関取？

第29位　万一にキャッシュ握って初ペイペイ　現金主義

第30位 顔認証オンとオフでは別認証 せきぼー

第31位 健康はアプリとサプリで管理する 豆助

第32位 若手呼ぶ連れて来たのは五十代 田舎の建設業

第33位 10%バブルは金利いま税金 飛鳥の王子

第34位 ポイントが私の大事なお小遣い 必然的に詳しくなります

第34位 「ワンチーム」にわかに課長が言い始め 磯っぷ

第36位 お小遣い値上げトライも逆ジャッカル リーチしないマイケル

第37位 セルフレジなぜか係に付き添われ 自信家

第38位 部下のため言ってる奴ほど俺のため まー

第39位 メモを取れ言えばスマホを部下が出し 石笑

第40位 紙減らせその指示がまず紙で来る 山宗雲水

第41位 家族ラインいつになったら既読つく スルーされ続ける父

第42位　エンタメも子守りもこなすYoutube　くしみや

第43位　部下休むインスタ上では元気そう　中間管理職

第44位　インスタ用最初の乾杯ハイテンション　とまと

第45位　令和婚逃して目指すは五輪婚　はるP

第46位　割勘も新入社員はペイでする　キャッシュレス

第47位　欠点を個性と言い張る新社員　カクト

第47位　大行列タピれる前にクタビれる　悔し涙じゃじゃ丸

第49位　定年後孫のお迎え本業に　お迎えママには負けないジージ

第50位　カッコよくスマホ決済あとで泣き　つじGUCCI

第51位　習い事かけ持つ子ども親は秘書　次は英語でございます

第52位　人事異動上司のトリセツ引き継がれ　千流迷塵

第53位　欲しいのは100年安心妻の愛　愛妻家

第54位　AIを部長と呼ぶ日がすぐそこに　怪傑もぐり33世

第55位　10%増増える体重延期なし　なせばなるママ

第56位　役に立つ昔は上司いまスマホ　たつピョン

第57位　一日でイクメン名乗って怒られる　そへ

第58位　もうアラフォー新卒続かずまだ若手　昇格無し子

第58位　ロボットと職奪い合う新時代　チャレンジャー

第60位　もう1杯おねだりトライ妻キック　ラガービールマン

第61位　調べものOKグーグル辞書はどこ　なにわのあっちゃん

第62位　主人にもドラレコつけたい5時以降　えみっぺ

第63位　検診の三日前では結果出ず　正直者

第64位　60年政権交代しない妻　夜来香

第65位　能力値課金で上がるのゲームだけ　くぼしょー

第66位　これセーフ？部下への言葉ググる日々　春人

第67位　お小遣いLINEでねだりペイを待つ　キャッシュレス派パパ

第68位　パソコンを上司に教え日々多忙　新入社員

第69位　オンライン知らずに上司を打ちのめす　ゲーマーサラリーマン

第70位　女房の不利な時だけノーサイド　全敗夫

第71位　増税が分からなくなるスマホペイ　さらちゃん

第72位　遠足日夫の弁当鮮やかに　いつも残り物でごめんね

第73位　営業を一番するのは妻の前　もやし

第74位　タピるって旅に出るのか？父慌て　ビバ

第75位　AIに引き継ぎするのが大仕事　まだ人間でいたい

第76位　若手との会話が一番高難度　千咲奈那

第77位　もう来たの？ウーバーイーツと我が夫　ケンタイキー

第78位　AIに営業スマイル審査され　めめりん

第79位　2%増なぜか小遣い2割減　ぴのすけ

第80位　街コンで気がつきゃ全員顔見知り　婚活難民

第81位　無駄遣い言い訳いつも「令和初」　ぽぷらー

第82位　忘年会癖で上座へ元部長　夢追いびと

第83位　出会いの場昔合コン今パソコン　ラッキーばーのん

第84位　シメシメと増税前に無駄遣い　アラ初老

第85位　帰宅中妻から受注パパウーバー　猫部

第86位　お疲れといたわる彼女はブイアール　しゅん

第87位　ぼっちでもネトゲの中では友100人　ヒーローず

第88位　消費税十パー惜しく持ち帰り　しん

第89位　デート先映えない場所だと却下され　男はつらいよ

第90位　指示したらそれ無駄ですと断られ　AIマネージャー

第91位　「令和初！」通常業務もプレミア感　衣布歩智

第92位　居場所なく近所のベンチでテレワーク　通勤し隊

第93位　6時間並ぶの俺で嫁タピる　（うたたね）

第94位　多様性とりあえず生絶滅種　ろっこうおろし

第95位　おっとの座妻にジャッカル返される　おっとっと

第96位　増税後10パーセントで居場所買う　イートイン男子

第97位　会議では令和最初が定型文　梅ぼ4

第98位　横向けばAIがいる日も近い　なつきつね

第99位　同僚の飲み会気づくsns　イイねなんていらない

第100位　イクボスも家では別のボスの部下　市川　酔歩

※34位・47位・58位は、人気投票の得票が同数のため同順位です。

第二章

第三十三回サラリーマン川柳

トレンド傑作選

「勝手に金・銀・銅!!」傑作選定委員会

サラ川ファンの皆様、お待たせいたしました!
第三十三回サラリーマン川柳傑作選をお届けいたします。
今回も、満足度百パーセント請け合いです。
心ゆくまでお楽しみくださいませ。

※金、銀、銅句とその他の掲載句は、傑作100選および皆様よりお寄せいただいた句の中から編集部で選んだものです。

流行・話題

なんたって「ワンチーム」!

二〇一九年、世の話題をさらったのは、何といってもラグビー・ワールドカップでの日本代表の活躍ではないでしょうか。消費税増税や、新天皇の御即位などいろいろ話題はあったものの、日本中で熱く盛り上がったのは、海外出身の選手を含む三十一人が日本を代表し、ワンチームとなって活躍したラグビーでした。

ラグビーってこんなに面白かったっけ? いまいちルールがよくわからなくても夢中になって声援を送り、リトグリを知らなくても「ＥＣＨＯ」を熱唱し、ハカを真似してぎっくり腰になる……。タピオカ求めて並んだあなたも、テレビに釘付けになったはず。日本はラグビー愛に目覚めた人たちであふれました。さてそこで、サラ川諸氏にとってワンチームとは? そしてスクラムを組みたい相手とは?

流行・話題

金

パプリカを食べない我が子が踊ってる　一歳毎日パプリカビデオ

目に浮かびますね。可愛いに違いない！

銀

大行列タピれる前にクタビれる　悔し涙じゃじゃ丸

黒いツブツブ求めて、あなたも私も並んだ、並んだ！　そして疲れた！

銅

平成についていけずに令和来る　喜夢多来

ああ無情。元号だけが先へ進んでいく。

ラグビーで一家団らんワンチーム　染塩

我が家では最強スクラム妻・娘　コラプシング

ジジババも子育て参加ワンチーム　森の一抹の不安

女房の不利な時だけノーサイド　全敗夫

スクラムを組んでたはずがオレひとり　あれれ

スーパーでジャッカルされたアジフライ　浦ちゃん

ラグビーのハカの話に祖父反応　さごじょう

五輪チケ当たらず胸を撫で下ろす
海鮮丼

五輪席テレビの前が最前列
北鎌倉人

チケットは取れても取れぬ有給日
すぱいす

4年前覚えたルールまた忘れ
うなかっちゃん

熱戦だ「いいね！」を競う新競技
ばえばえ

デート先映えない場所だと却下され
男はつらいよ

会議では令和最初が定型文
梅ぼ4

「令和初！」通常業務もプレミア感　衣布歩智

指示したらそれ無駄ですと断られ　ＡＩマネージャー

ＡＩに引き継ぎするのが大仕事　まだ人間でいたい

６時間並ぶの俺で嫁タピる　（うたたね）

タピオカもミルクも要らぬ紅茶通　愛飲酒多飲

帰宅中妻から受注パパウーバー　猫部

ジャニーさんユーのおかげで夢みれた　夢見る少女たち

職場

働き方改革中？

二〇一九年四月から働き方改革関連法が順次施行され、皆様の職場でもその実現に向けて苦慮されていることとお察しいたします。働き方改革は労働者不足を解消するため（または一億総活躍するためともいう）、介護や子育てをしながら、また高齢者でも働きやすいように様々な環境を整えていこうという試みです。まあそれはそうなんですが、現場としては、「ほら、残業はダメだぞっ」パチッ（定時に電気を消す）。「ちょっと君、早く有給取って、取って」あたりで終始しているのではないでしょうか。「テレワークって言ったって、電話だけじゃ仕事できないだろ」もしもし、テレワークは電話で仕事をすることじゃありませんよ。この混乱の中にＡＩの追い上げ、皆様の職場も新たな局面に差し掛かっているようですね。

職場

居場所なく近所のベンチでテレワーク　通勤し隊

やはり恐れていた事態が。お風邪など召されませんようお祈り申し上げます。

銀

スクラムを反対から押す管理職　逆でしょ

しかも意外と力があったりして。数の力で押し切りましょう。

銅

決済書スタンプラリーと揶揄られて　昭和魂

ちゃんと中身を精査しましょうね。頼むから。

メモを取れ言えばスマホを部下が出し　石笑

欠点を個性と言い張る新社員　カクト

同僚の飲み会気づくｓｎｓ　イイねなんていらない

二次会を断るつもりが誘われず　光源氏

飲み会でなれた気がするワンチーム　めめりん

わが部署はワンパーソンでワンチーム　どらまにあ

ラグビーとわが社は同じバックパス　前進不可

来年は定年と言われてはや五年　団塊のつぎ

若手呼ぶ連れて来たのは五十代　田舎の建設業

半額の札を張られた再雇用　ピアノカフェ

横向けばＡＩがいる日も近い　なつきつね

ＡＩに社の命運を任せきり　転職希望

ＡＩに社長選びも頼みたい　微量志

丸投げと投げやりが組む会議室　しゃま

上司・部下・ＡＩの三つ巴

上司・部下

サラ川はここから始まったのではないかという、まさに「創世記」的なテーマ、上司と部下。サラ川では双方の思いの丈を吐露いただき、お互いの理解に一役買ってまいりました（と自負しております）。時代は平成から令和となり、また新たな波が立つ予感がいたします。パソコンもスマホもイマイチよくわからんという世代もまだまだ現役、ＩＴネイティブの世代がそこに絡む。そしてそこに乱入してきたのがＡＩ。新人採用から人事査定まで、あらゆる局面に採用される可能性があるのです。もし上司がＡＩだったら？（ちょっと嫌かも……）ＡＩとパートナーを組まされたら？（ちょっと面白いかも！）でも、サラ川ではまだまだ人間同士のせめぎ合いが続くようでございます。

上司・部下

人事異動上司のトリセツ引き継がれ

結束の固い部下たち。これぞワンチーム？

千流迷塵

新人にアドレス問われ住所書く

いやだなあ、シャレだよシャレ。え、信じない？

蛍光頭

銅

いつか来る令和生まれと働く日

光陰矢の如（ごと）し。あっという間かもしれませんよ。

ユキチャン

入社すぐ出口戦略練る新人
長期戦

新人は育つとすぐに巣立ち行く
居残り

上司追うその俺追って来るAI
神木六朗

昇進が回ってこない令和でも
上司は現役後期高齢者

17時誘う気配に消す気配
love-beer

育たないそう言う人程育てない
サンサン太陽

忘年会癖で上座へ元部長
夢追いびと

パス回し上手い上司が点を獲り　ノーサイド係長

指示待ち君今や課長で指示無し君　千流迷塵

イクボスの名前を知らぬうちのボス　昭和男児

課長より前に出たならオフサイド　ペナルティ

上司の背見ながら育ったサボり癖　サボリーマン

オンライン知らずに上司を打ちのめす　ゲーマーサラリーマン

定年で知った上司と同い年　ためか！

控えめに愚痴ります

夫婦（男女）

例年であれば、ちょっとした妻への不平不満であふれている当コーナーですが、今回は少し投句が控えめなご様子。二〇一九年はといえば、まずは新天皇の御即位とそれに伴う改元があり、ラグビーで盛り上がりました。そして消費税が十パーセントに上がり、軽減税率が初めて導入されたことで、あっちでもこっちでも対応に追われました。さらに自然災害による被害もありました。いろんなことに気を取られ、妻のことで愚痴っているヒマがなかったということでしょうか。逆に言えば妻の文句が言えるのは平穏無事な日常があってこそ。しかし、投句が少ないということはサラ川的にはチャンスなわけです。数多の句に埋もれていたあなたの投句が日の目を見たかもしれませんよ。

夫婦（男女）

60年政権交代しない妻

なんという長期政権。これはもう独妻政権とでも言うべき？

夜来香

銀

家事放棄生前退位とツマ主張

喜んで譲位するわよ。あとはよろしくね。

ごんた

銅

手をつなぐ転ばぬための夫婦仲

共倒れにならぬようご注意ください。

年金村民

主人にもドラレコつけたい5時以降　えみっぺ

遠足日夫の弁当鮮やかに　いつも残り物でごめんね

出かけます妻が嫌がるテレワーク　まご命

酒を飲みグチを飲み込む妻の前　総務のふふふ

妻写真昔お守り今魔除け　毎日が黙曜日

年金が夫婦を繋ぐ赤い糸　裏表

春なのにうちの亭主に飽きがくる　てる味

名ばかりイクメンはもう卒業

親子・家庭

「イクメン」という言葉が流行語になったのは、もう十年ほど前のこと。今では、ごく自然に育児に参加している男性が多いように見受けられます。また、これまでは女性が取るのが一般的であった育児休暇を男性も取りましょうというのが昨今の流れ。なかなかいい兆候ではありませんか。ひょっとしてサラ川の愚痴も減っていくかも？　しかしその流れの中で、残念なワードが出てきました。「取るだけ育休」。「休みだ！」ということで反射的にゆっくりしてしまう気持ちはわかります。不慣れな家事や育児に腰が引けるのも。しかしそれで妻の負担、不満が増すようなら本末転倒。その辺りはサラ川の愚痴だけでは解決しませんので、ガチなお話し合いをお勧めいたします。まあ、とりあえず不満のいくつかをお聞きください。

親子・家庭

金

一日でイクメン名乗って怒られる　そへ

ちょっと調子に乗ってしまいましたかね。ぜひ挽回してください。

銀

インスタにあげるなと言う妻の飯　東洋の真珠

逆に、怖いもの見たさで見てみたいような気も。

習い事かけ持つ子ども親は秘書　次は英語でございます

親子ともどもお疲れ様です。順番を間違えないように。

イクメンねカメラを向けた時だけは　つべる

育休のパパにイライラノー産休　中年やまめ

金メダル取れた競技を習わせる　はやぴー

マイホーム今や二人でシェアハウス　還暦亭主

いつからかベッド並べる妻と犬　干された夫

単身を解消したのに居場所なし　単身赴任命

古希迎えまだ働けと国と妻　なるほどマン

のんびりがいちばん

健康・美容

日々あふれる健康情報。そして健康食品の数々。もう単純に体重を落とすとか、そういうレベルではありません。ロコモ防止に体幹を鍛えつつ、美尻もメイクする。何の食品にどういう成分が入っているのか。何が血圧を下げて、何が血糖値をコントロールするのか。認知症の原因物質アミロイドβを溜めないようにするにはどうしたらいいのか。健康寿命を伸ばすのは右肩上がりの医療費を何とかしたい国の悲願でもあります。しかし一杯やりながらテレビの前に座っているあなたの脳内に、その情報はいつまで残っているでしょうか。多分次の日には「ほら、アレがアレにいいんだってさ」くらいのことでしょう。でもそれを嘆くことはありません。あくせくするのは逆に体に毒。サラ川をひねってるくらいがちょうどいいんですよ。

この脂肪筋肉だったらラガーマン

関取?

トライを決めるオレ。タックルを決めるオレ。妄想は果てしなく。

銀

笑顔より腹に力の記念写真

彩雲四号

皆さん、笑顔が硬いですよ。笑って、笑って。

銅

美人の湯十年通って変化なし

みきてぃ

体の中からきれいになるってことでどうでしょうか。

薬より心静まる妻は留守
精神安定在

がむしゃらに走った証がこのおなか
40年勤めて定年の日を迎えたサラリーマン

返納で歩きが増えてジム不要
ケーオーアラジン

健康はアプリとサプリで管理する
豆助

お手上げのときだけ上がる五十肩
Akiki

当直は唯一無二の休肝日
単身貴族

昼食がサラダチキンの管理職（食）
アラサースカイ

アレアレで予想し合って脳トレに　それはねママ

健康じゃ話題に入れぬ同期会　みくちゃん

検診の三日前では結果出ず　正直者

定年延び喜ぶ財布と泣く体　体がもちません

ドラレコに免許返納うながされ　高齢ドライバー

休肝日前の日後の日倍量に　ケーオーアラジン

検診で酒を抜いたら気の病　ごりらーマン

ペイペイした？が合言葉

政治・経済

二〇一九年十月、ついに消費税が十パーセントとなりました。加えて軽減税率が食品に適用されることになり、大きな話題となりました。立ち飲みはどうなんの？屋台は？　ピザのデリバリーは？　テイクアウトって申告制でいいの？　そして景気対策として導入されたキャッシュレス決済によるポイント還元。そもそも還元するなら増税する意味はあるのかという声もある中、買う方も売る方も、それなりの準備を迫られ、これもまた混乱を招きました。ちまたにはナントカペイという言葉が飛び交い、どれが何なんだか？　そしてキャッシュレスにして財布は空だけど、きっとお金はあるに違いないとタカを括っておられるそこのあなた。残高を確認されることをお勧めいたします。さて、サラ川諸氏のお財布事情やいかに。

政治・経済

増税後10パーセントで居場所買う　イートイン男子

正しい申告をした正直者ですね。えらいえらい。

銀

ヘソクリを開けたら妻の感謝状　毎日が黙曜日

大変ありがたく使わせていただきました。またよろしくね。

銅

キャッシュレス忘れた頃に請求書　散財太郎

スマホはお金が湧いて出る魔法のアイテムではございません。

おじさんはスマホ使えずキャッシュです
リタイヤ組

登録がストレスだらけのキャッシュレス
デビューじじい

カッコよくスマホ決済あとで泣き
つじGUCCI

キャッシュレス俺のことかとカラ財布
ビン坊

妻なげくわが家の家計キャッシュレス
詠み人知らず

投資しろ？俺のサイフを透視しろ！
しんちゃん

超クール猛暑知らずのわが財布
かづとこふえ

増税が分からなくなるスマホペイ　さらちゃん

イートイン2パーセントのプチ贅沢　七種亮

出前持ち2パーセントで仕事増え　軽減くん

ポイントが私の大事なお小遣い　必然的に詳しくなります

メリットは電卓不要消費税　パートタイマー

増税でポイント稼ぎ無駄遣い　普通のとうさん

お小遣いLINEでねだりペイを待つ　キャッシュレス派パパ

シメシメと増税前に無駄遣い
アラ初老

九月末俺は靴下妻指輪
駆け込み需要

２０００万無いが暇ならある老後
ゴマメの歯ぎしり

老後よりまずは目先の２０００円
あみ

残業が減ってても貯めなきゃ２０００万
骨無しチキン

貯めたのは不安と不満２０００万
金山

２０００万使いきれない夢を見る
竜門

人も捨てたもんじゃない

IT・通信

いっとき話題になったスマートスピーカー。最近ではあまり耳にしなくなりました。一方、スマホは老いも若きもどんどん利用者が増えている様子。そもそも話しかけるのが面倒、手にスマホがあんのに必要？　ってことなんでしょうか。ゲーム依存症が問題となる一方、ｅスポーツとして親しまれ、世界で多くの人がプロのゲーマーとして活躍しています。ＩＴの世界では様々なコンテンツが生み出されますが、何が受け入れられるかは未知数。人はコンピューターに支配されているようでいて、自分から様々な取捨選択をしている気もします。人間も捨てたもんじゃないってことでしょうかね。インターネットにせよ、もう我々の生活にＩＴは深く浸透しています。そしてそれは常にサラ川のネタでもあるということなのです。

IT・通信

金

朝起きて充電満タンスマホだけ　温泉好き親父

人も簡単に充電できたらいいのに。

銀

調べものOKグーグル辞書はどこ　なにわのあっちゃん

やっぱり紙か！　そういう人はいると思ってました。

銅

お疲れといたわる彼女はブイアール　しゅん

そりゃもう可愛くて優しくて。実体がなくても癒されるんだ。

エンタメも子守りもこなすYoutube　くしみや

副業はペット頼みのYouTuber　奇跡待つ男

「え!?マジで!?」意外なアイツがYoutuber　毎日ヨーグルト

ぼっちでもネトゲの中では友100人　ヒーローず

eスポーツ昔オタクで今モテ期　金砂郷のけい

ギガバイト時給いくらか孫に聞く　昭和残党

割り勘でオレだけ現金そっと出し　ピロリ聖人

ＡＩを部長と呼ぶ日がすぐそこに
怪傑もぐり33世

ＡＩに営業スマイル審査され
めめりん

ＡＩの参入待ちよ家事手伝い
くらむぼん

愚痴を言う相手はＡＩスピーカー
ＫＥＮＺ

ＡＩが上司不要と指示を出す
指示待ち君

ＡＩにあなた不要と指名され
くり坊

ヘイ！と呼び何でも応えるおＳｉｒｉ合い
おちねこ

その他

次はあなたが詠む番です！

今や「川柳」という言葉を知らない人はいないのではないかというくらい、多くの人に親しまれております川柳。あちこちでコンテストも盛んに開かれております。そのきっかけとなったのがこのサラリーマン川柳と言っても過言ではございません（そこは謙遜いたしません）。世にあふれるコンテストはサラ川の子や孫みたいなものですとも。皆様に愛好いただいている理由としては、日常生活をネタにできることと。季語もいらず、難しい言葉も不要。うまく十七音にまとめるだけってところでしょう。ただその分、一歩抜きん出るには工夫が必要。それには日々詠んでみることが大事。ちょっとした脳トレにもなります。そしてこれという一句ができたらSNSに上げるのは我慢して、どうぞサラ川へお寄せくださいませ。

その他

金

バイトから教わったのは外国語

東洋の真珠

一体、何か国語が学べることやら。

銀

万葉集買ったはいいがフリマ行き

島根のぽん太

御同輩多しと見ました。

銅

街コンで気がつきゃ全員顔見知り

婚活難民

そこから恋が芽生えることもありますよ、きっと！

社食すら気にし始めたＳＮＳ　百

食べちゃった！食事の写真いつも皿　ちゃき

映え過ぎて実物よりもうまそうに　梅ぼ4

出会いの場昔合コン今パソコン　ラッキーばーのん

子はタピる私は湿布を日々ピタる　ソンディー

薄給を貯めてポッンと一軒家　ゴマメの歯ぎしり

クールビズうちわ持つ手が腱鞘炎　室温は常に真夏日次郎

背中押す圧と応援紙一重　いがいたい

ラッシュ時の片手つり輪はE難度　せきぼー

断捨離をしてすぐにまた買いなおす　はりきりミセス

米どころ朝パン昼麺夜飲み会　百姓の子

ゆとりでもついてはゆけぬまじ卍　よみ人知らず

焼き鳥屋盛られた串がグチの数　温州みかん

後輩が見て見ぬフリを見て学ぶ　東洋の真珠

一度しか言わぬと既に三回目　いちはじめ

日曜日昔遊ぶ日今寝る日　三年寝太郎

セルフレジなぜか係に付き添われ　自信家

オレオレを凹ます説教祖母の趣味　博之介♪

就活を終活と聞く定年後　恋蔵

十を聞き一を忘れる再雇用　紙風船

小遣い減説明責任果たせ妻　夫

第三章

二〇一九年 地元サラ川（ジモサラ）傑作選

その土地ならではの言葉や表現が魅力のジモサラ。
今年は全国二十二団体が取り組み、
お国自慢、健康、詐欺撲滅などをテーマに二万八八二一句もの作品が集まりました。
なかにはユニークなテーマで勝負した地域もあり、うかつに目が離せません。

北海道・東北エリア

北海道×北海道内支社「どさんこ北海道自慢」　応募数4374句

北の味毛蟹とウニでいくらかな　鍵と孫

函館市×函館支社「どさんこ函館自慢」　応募数201句

坂を背に夕焼けいろのハイカラ號(ごう)　フカジユン

青森県×青森支社「地元あおもり お国じまん」　応募数270句

夏ハネト冬は雪かきジムいらず　ふく

秋田県×秋田支社「あきたの自慢こ」　応募数433句

とんぶりをキャビアとさけぶ我が長男　とりっぴー

宮城県×仙台総合支社「お国自慢」　応募数684句

芋煮会みやぎの鍋は味噌がミソ　仙台の案山子

山形県×山形支社「健康」　応募数576句

腹八分腹に聞いたら間に合わず　再起動師

甲信越・北陸エリア

新潟支社・長岡支社「新潟のお国自慢」　応募数343句

バスセンターバスに乗らずにカレー食う　年中ダイエット中

長野県・長野県警察×長野県内支社「振り込め詐欺」　応募数5907句

息子でも金の話は顔を見て　信濃のしまうま

関東エリア

水戸支社（後援：茨城県、茨城新聞社、Aflac、損害保険ジャパン株式会社）「茨城の魅力自慢」応募数346句

最下位は伸びしろ一位でいがっぺよ　明日があるさ

柏支社「健康」　応募数49句

運動会昔一等今転倒　ロコモっ子

東京都・警視庁×東京都内支社「特殊詐欺撲滅」　応募数1342句

特殊詐欺防げ家族はONE TEAM　母の娘

神奈川県×神奈川県内支社「健康・未病」　応募数1051句

食べた分動けば良いと動く口　鎌倉みのむし

中部・近畿エリア

FMおかざき・岡崎城下家康公夏まつり実行委員会×岡崎支社「岡崎のグルメ」　応募数638句

五平もち今も昔も頬にみそ　陽子ちゃん

岐阜県×岐阜支社「健康」　応募数78句

体重計オレに忖度しないのか　ラッキーM

滋賀県×滋賀支社「滋賀県のお国自慢」 応募数102句

延暦寺比叡の紅葉秋燃やす　オオサカ

中国・四国エリア

島根支社（後援：島根県、山陰中央新報社）「しまねのお国自慢」 応募数217句

わが妻は美肌ピチピチしまねっ娘　大願

岡山支社（後援：岡山県、岡山市市長公室広報広聴課、山陽新聞社）「お国自慢」 応募数386句

岡山の白桃食べて白寿まで　鈴虫

高知県×高知支社「『高知家』自慢」 応募数638句

「金はない」されど酒飲む金はある　M

九州・沖縄エリア

福岡総合支社（後援：福岡県）「福岡お国自慢」　応募数157句

とっとーとひらがな3つで通じるけん（県）　ふぇびる

大分支社「大分のお国自慢」　応募数161句

U・S・Aここはアメリカ？いえ宇佐市！　てんまる

長崎県×長崎支社「イクボス」　応募数440句

部下はおる父は一人ぞはよ帰れ　おーちゃん

宮崎支社「第35回国民文化祭・みやざき2020、第20回全国障害者芸術・文化祭みやざき大会」応援プログラム（後援：宮崎日日新聞社、UMKテレビ宮崎、Aflac、損害保険ジャパン株式会社）「みやざきのお国自慢」　応募数418句

A4はコピー紙じゃない宮崎牛　にじのいろ

じわじわと広がる「ジモサラ」ブーム

川柳には、お題があると工夫しやすく、読む人が身近にいると思うと言葉が選びやすいという、ふしぎなところがある。仲間と同じ風景を見ながら「わかるでしょ」「面白いでしょ」と伝え合う楽しさは、「座の文芸」(仲間との連帯を深め、理解し合い、ともに楽しむ言葉の遊び)ともいわれる川柳の原点にも近い。

地元サラ川(ジモサラ)は、地域の課題や問題を広く考えてもらうことを目的に、第一生命が地元自治体や関係団体(たとえば警察、地元メディアなど)と協力して、地域ごとに作品を募集したもの。二〇一八年からスタートし、お国自慢、健康、詐欺撲滅などをテーマに作品を募集してきた。

固いテーマも、川柳を通して考えてみることによって柔らかくなり、身近になる。各地の優秀作品を眺めていくと、お国言葉や地域愛、その土地ならではのライフスタイルや価値観などがためらいなしに盛り込まれ、サラ川の入選作品とは一味違う面白さがあることがわかってもらえるに違いない。第一回目の昨年が、全国十五団体で八三二九作品。それが今年は二十二団体で一万八八一一作品と、ジモサラへの注目度がじわりと広がっていて、将来が楽しみだ。

「イクボス」をテーマにした「ながさきサラ川」

そんなジモサラの世界に新風を吹き込んだのが「ながさきサラ川」だ。

近年、働き方改革や女性活躍推進などの標語が盛んに喧伝（けんでん）されているが、必ずしもそれだけで人の意識まで改まってはいない。ことに女性の場合、家事や育児の負担が大きく、子育てのために離職したり、再就職が厳しいという現実もある。また、仕事があっても手取りは少なく、職場環境も旧態依然だということになれば、とりわけ地方都市の若者人口の流出の原因にもなりかねない。

長崎県にもそうした課題があり、女性にとって働きやすい職場環境を整え、いい仕事をして、きちんと稼げる職場を増やしていきたいとの思いで、「イクボス」をジモサラのテーマに打ち出したのだ。これはジモサラでも初めての取り組みだ。

イクボスは、組織の業績を上げながら、ともに働く部下やスタッフの仕事と家庭との両立（ワーク・ライフ・バランス）を考え、部下やスタッフのキャリアを応援する上司（経営者・管理職）のことを指す。ボスだけが変わればいいわけではない。男性の家事や育児に対する意識を育てることも、そこには含まれてくる。そのヒントになる発想や行動を探るという意味では、面白いテーマではないだろうか。

もちろん「イクボスをテーマに一句」と投げても、一般的にはピンとこないだろう。そこで「こんなボスが理想！部門」「こんなボスは嫌だ！部門」のお題を出して、テーマを身近なところに引き寄せようとした工夫がすばらしい。

「耳慣れないキーワードでどれだけ作品が集まるかと心配したのですが、思いがけないほどの応募がありました」と担当者は語る。

職場改革への第一歩となるか

集まった作品は四四〇句。オフィス勤めの経験がある人にとっては身近なテーマだったのか、なかなか面白い作品が選に残った。その中のいくつかを紹介しよう。

部下はおる父は一人ぞはよ帰れ　おーちゃん

最優秀賞に輝いたこの句は、いかにも九州男児らしい毅然とした口調が魅力。男性社員の育児休業に対する「ボスからの決めゼリフ」になりそうな気配さえある。

え〜なんで帰るまぎわの打合せ　よっしー

イクボスか否かの分かれ道はここなんだ、を示した作品で、こちらは優秀賞。

イクボスも家では別のボスの部下　市川酔歩

立派な上司も家に帰れば……とクスリと笑える、こちらも優秀賞。

「任せとけ」子ども発熱ボス代打　目の前に吉田さん

「よかボス」は家庭を誇る仕事より　「よかボス」芽吹かせ隊

作品を見ていると、ボスの理想像は多様であることもわかる。

働き方改革という見えにくいテーマが、川柳によってこれだけ身近になるというあたり、今後のジモサラのテーマづくりには大きなヒントになりそうだ。

第四章

二〇一九年

「#フォトサラ20」傑作選

今回初めて開催された、二十代限定、写真で一句を詠む企画。
二十代独自の感性でユニークに詠まれ、応募総数は一六四一句にも上りました。
第一生命のベスト3に加え、川柳作家やすみりえさんが選んだベスト3を紹介します。

第一生命選ベスト3

食事摂る？
今の時代は
食事撮る？

むねきち

愛犬も
ネットで婚活
する時代

土下侍

多様性
とりあえず生
絶滅種

ろっこうおろし

やすみりえ選ベスト3

新作を有休取って全クリア

ピチュー

室内に二人の登場人物。恋人同士なのかしら。その視線の先にゲームの画面があることは間違いなさそう。全体に漂う雰囲気はとても楽しそうなお籠り感！
〝有休取って〟という言葉で写真にストーリーを盛れました。

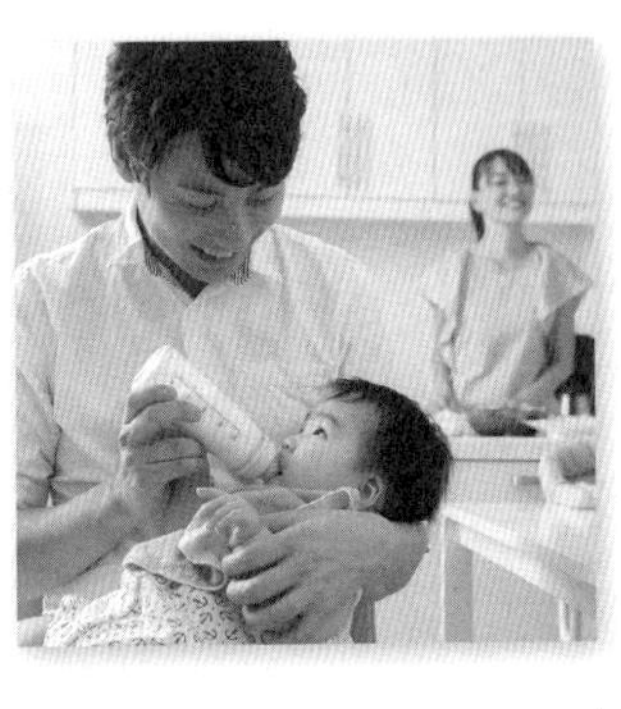

喜んで譲ってやるよ俺の席　ユートピア

ＡＩロボットが並んだオフィス。ただただ無表情に黙々と働いています。もしや、自分もこんな風につまらなそうに働いてはいないだろうか……。だとしたら「喜んで譲ってやるよ」という一言が自然に出てきそうです。

イクメンねカメラを向けた時だけは　つべる

幸せいっぱいのワンシーンが写真に切り取られています。ですが、この川柳が添えられると一瞬で冷たい空気に。言葉でガラリと状況を変化させました。奥に写る妻からのツッコミが見事、五・七・五になっちゃいました！

今回、新たな試みとしての「#フォトサラ20」。その名の通り〝二十代限定〟の募集という今までにない展開です。

たとえこれまでサラリーマン川柳に興味が無かったとしても、「さあ、この写真に一句いかが？」と投げかけられ、ムクムクと創作意欲の湧いてきた方も多かったのではないでしょうか。若い皆さんにとって、映像と言葉の組み合わせは案外身近なものなのではないかとお察しします。

実はこうした切り口で作句するスタイル、川柳界では一足お先に定番となっていて「写真ＳＥＮＲＹＵ」や「フォト川柳」と呼ばれて親しまれているのを目にします。そのほか、図形やイラストをお題として詠む「印象吟」などは、ずいぶん昔からあるようです。

私は今回ベスト3を選ばせていただきましたが、いずれも写真には写っていない感情や背景を付け加えてくれた作品が入選に輝きました。

ずばり言いますと、添えられた五・七・五がただの「説明」の言葉であってはつまらないのです。

見ていただくとわかるように、お題となっている写真には、さまざまな人物や場所が切り取られていますよね。その分、どこに着目し、どう表現するかが相当詠み手に委ねられています。その際に気を付けて欲しいのが「説明」にならない方向に言葉選びをしていくということでしょう。例えば、134ページ右の写真では「AI」「ロボット」「仕事」という言葉の並んだ作品が多くありました。ぜひもう一歩この写真に踏み込み、こちらからは見えないパソコンの画面に何が映し出されているだろう、とか、ヘッドホンで彼らは何を聴いているんだろう、などと想像していくのはどうでしょう。きっとそこにあなたのセンスを発揮してもらえる場所があるのだと思うのです。

ちなみに今回は、写真に合わせて川柳を詠んでいただきましたが、逆に、お気に入りの川柳に合う写真を撮ってみるのも楽しいでしょう。ぜひ日常のちょっとした創作活動に、川柳とフォトの組み合わせを気軽に取り入れてみてくださいね！

第五章

二〇一九年 小中学生サラ川選手権 傑作選

by サラリーマン川柳コンクール

「学校生活」をテーマに募集した二回目のジュニア大会。応募総数三七六五作品の中から川柳作家やすみりえさんが選んだ「個人部門」と「団体部門」、各部門の優秀作品を紹介します。

個人部門 優秀賞

ランドセルプリントどこだかくれんぼ

小学6年 森桜子さん

●句を思いついたきっかけは？
ランドセルに入れたプリントがなくてかくれんぼしているみたいだから。

●やすみ先生のココがイイネ！
なかなか見つからないプリント用紙。焦る様子とともに〝かくれんぼ〟という表現が良いアクセントになっています。

花が咲く令和の空に鳥が飛ぶ

中学1年 滝口佳乃子さん

●句を思いついたきっかけは？
時代の変わり目とキレイな空を見て。

●やすみ先生のココがイイネ！
令和元年をお祝いするような素敵な川柳です。新時代への遥かな思いが感じられました。

ペンを取る数秒後には夢の中

中学2年 亀川真輝さん

●句を思いついたきっかけは？
勉強しようと思ってシャープペンを持った少し後に寝ちゃったこと…。※その数秒後、また起きました。

●やすみ先生のココがイイネ！
まさしく数秒をカウントするような、リズムの良い一句。すっきりした言葉選びが良いですね。

※入選者名については応募者の希望の表記で掲載しています。

団体部門 団体賞

小学校の部　応募校数24校、応募総数1065句

青森県 青森市立 **筒井小学校**

●代表作品

チャイムなる魚のように教室へ
5年 S・Kさん(男)

屋上で恋のゆくえを伝えよう
5年 A・Oさん(女)

最後まで勝利のバトンにぎりしめ
5年 R・Kさん(男)

●やすみ先生より
伝えたいことをうまく例えた作品を多く見受けました。そのため、皆さんの表現力が一定のレベルを保っている印象がありました。内容も偏りがなく、一人ひとりの目線が生かされていました。

北海道 檜山郡江差町立 江差小学校

●代表作品

きゅうしょくもおいしくまなぶべんきょうだ

4年 Y・Tさん(男)

あいさつでひとのこころにえがおさく

4年 M・Kさん(女)

わすれないてんこうしてもともだちだ

6年 K・Oさん(男)

●やすみ先生より

のびのびとした言葉遣いが各句の中にあり、真面目に作句に取り組んだ雰囲気もありました。標語作りが得意な児童も多いのではないでしょうか。言葉を通して感性をさらに磨いてくださいね。

和歌山県 御坊市立 **湯川小学校**

●代表作品

初めてのみんなでそうじ仲よしに
5年 Y・Nさん(女)

何しても今どき返事「り」ですます
6年 R・Tさん(女)

セミの歌きれいな音色きこえるよ
5年 Y・Nさん(男)

●やすみ先生より
全体を通して夏休み中の様子を句にした作品が多く、今年の夏の思い出が良い作品になっていました。他にも、日常生活の中からうまく川柳のテーマを見つけた児童の作品も光りました。

中学校の部　応募校数22校　応募総数2043句

北海道 札幌市立 **西岡中学校**

●**代表作品**

中体連ボール以上にはねる母

3年K・Wさん(女)

笑ってたそして泣いてた友達と

1年M・Aさん(女)

聞こえますテスト前夜のペンの音

2年K・Kさん(男)

●**やすみ先生より**

明るい雰囲気の川柳が多く、学校全体の様子が見えてくるようでした。十七音で表現することを楽しく試みたような言葉選びにも、きちんとした完成度がありましたね。

宮崎県 延岡市立
延岡中学校

●代表作品

恋だけが青春じゃない夏の夜
3年 S・Yさん(女)

昼休みわたりろうかの笑い声
3年 R・Kさん(女)

教室に誰も居ないと別世界
3年 N・Kさん(男)

●やすみ先生より
三年生の皆さんの作品には、詩的表現の上手なものがたくさんありました。想像力豊かに川柳を詠んでくれたのだと感じます。そのセンスを生かして今後も色々な創作活動を楽しんでください。

大分県 豊後高田市立 **真玉中学校**

●代表作品

課題から現実逃避何度目か

3年 N・Kさん（女）

母からのこれで休憩何回目

2年 M・Mさん（女）

好きな人二か月後には別の人

3年 A・Yさん（女）

●やすみ先生より

自然体の言葉が、いきいきしています。ものごとをよく見て、よく聞いて川柳にしている印象です。ストレートな言葉の中にユーモアや自分自身へのツッコミをうまく取り入れていました。

第六章

サラ川で考える「日本の消費」

歴代ベストテン

「第一生命サラリーマン川柳コンクール」(略してサラ川)は、三十年以上の長い間、時代の変化を映し出してきました。この間の消費に関する時代の変化をみると、一九八九年に導入された消費税(当時三%)は、順次引き上げられ、バブル景気は崩壊。その後は二十年に及ぶ低成長期となりました。そして二〇二〇年、疫病の世界的な大流行により、人々の消費にはさらに変化が生じ始めています。

ここでは、「消費」を切り口に、どんな経済状況下でも時代を皮肉りながら笑いに変えてきた、平成生まれのサラ川を振り返ります。

サラ川で考える「日本の消費」

昭和から平成、令和へと、
わたしたちの暮らしや消費に対する価値観は大きく変化しました。
「ケチ」は「エコ」に、「買えない家計」は「買わないライフスタイル」に発想を転換。
自分の価値観とニーズに合わせた「こだわり消費」へ向かっています。

社会の動向 普及した物	消費の考え方
家庭用電化製品	大量生産・ 大量消費
・テレビ ・洗濯機 ・冷蔵庫 ※三種の神器	たくさん持つのが 「豊か」
自動車	モノ・エネルギー不足の 不安
	環境問題意識
食器洗浄機	
空気清浄機	バブル消費 ↓ 崩壊
大型テレビ	
インターネット ／PC	「買えない」経済状況 ↓ 「買わない」選択
モバイル機器 ／携帯電話	こだわり消費
スマートフォン ／スマート デバイス	リサイクル モノ消費より コト消費化
クラウド／SNS	シェアリング つながり消費
IoT／AI	
	使う側の責任意識 社会に良い消費

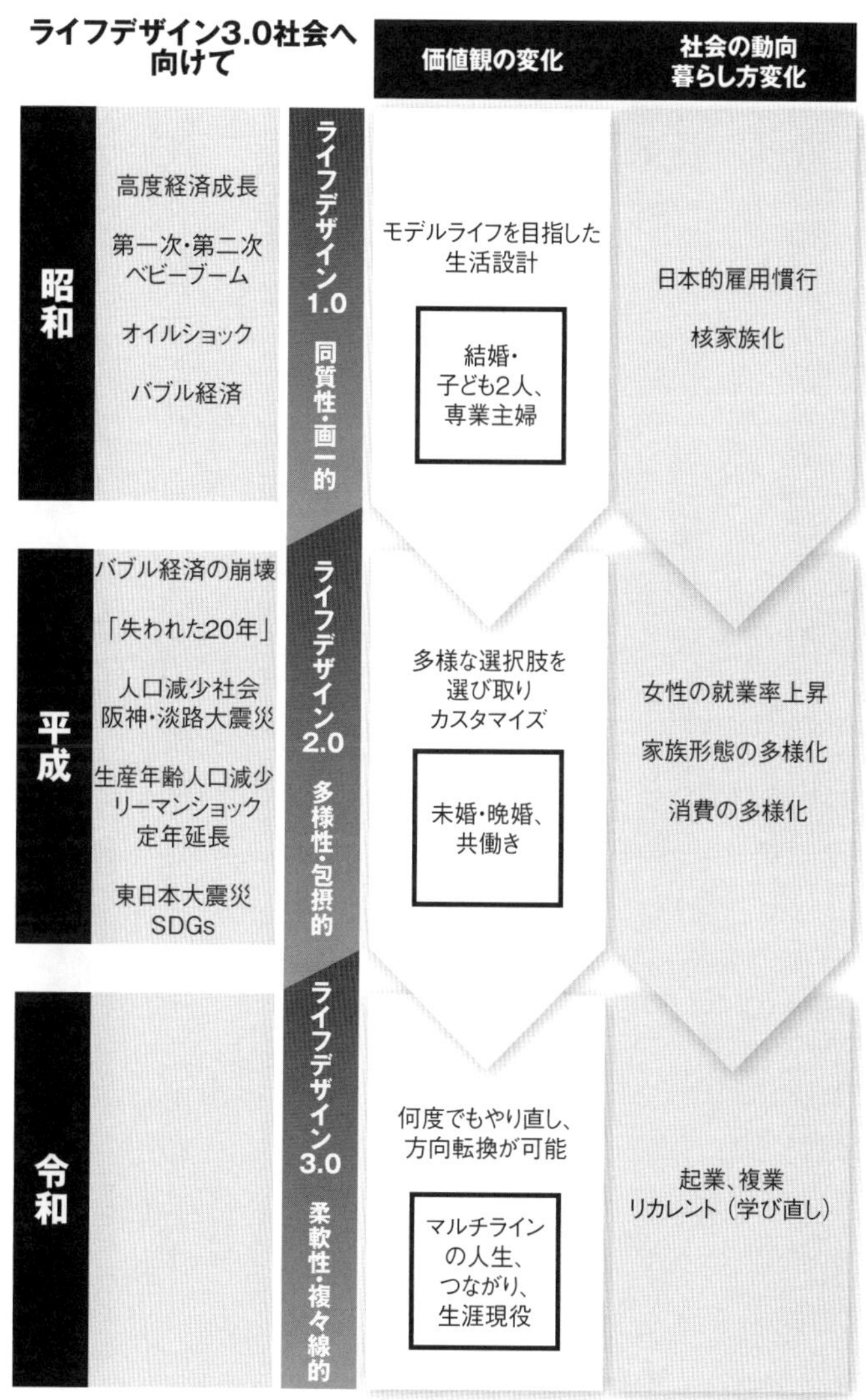
ライフデザイン3.0社会へ向けて
価値観の変化
社会の動向
暮らし方変化
昭和
高度経済成長
第一次・第二次ベビーブーム
オイルショック
バブル経済
ライフデザイン1.0
同質性・画一的
モデルライフを目指した生活設計
結婚・子ども2人、専業主婦
日本的雇用慣行
核家族化
平成
バブル経済の崩壊
「失われた20年」
人口減少社会
阪神・淡路大震災
生産年齢人口減少
リーマンショック
定年延長
東日本大震災
SDGs
ライフデザイン2.0
多様性・包摂的
多様な選択肢を選び取りカスタマイズ
未婚・晩婚、共働き
女性の就業率上昇
家族形態の多様化
消費の多様化
令和
ライフデザイン3.0
柔軟性・複々線的
何度でもやり直し、方向転換が可能
マルチラインの人生、つながり、生涯現役
起業、複業
リカレント（学び直し）

消費環境・消費税

20年で3%から10%に！

20年かけてじわじわと引き上げられる消費税は、サラリーマンの財布を直撃！

第7回 一九九三年
税税税（ゼイゼイゼイ）うちの家計簿息切れよ
良妻

第8回 一九九四年
社では「売れ」家では「買うな」とゲキとばし
営業部長

第10回 一九九六年
消費税上る前にとむだ遣い
太腹かあさん

第31回 二〇一七年
ワンコイン贅沢だったと懐かしむ
追い風40代

第32回 二〇一八年
改革は働き方と小遣いも
昭子

バブル崩壊後、「失われた10年」はいつしか「失われた20年」に延び、もはや何が失われたのかわからないほど長引いた不況。バブルを知っている人ほど、家計の体感温度はヒンヤリしたようです。

サラリーマンとしては「売る側」の

消費税の歴史	
年月	法令・税率等
1988年12月	「消費税法」成立
1989年4月	「消費税法」施行 消費税3%が始まる
1997年4月	「税制改革関連法」施行 消費税率5%に引き上げ
2014年4月	「社会保障・税一体改革関連法」施行 消費税率8%に引き上げ
2014年11月	政府は2015年10月の税率10%への引き上げ、 1年半延期を決定
2016年6月	政府は2017年4月の税率10%への引き上げ、 2年半延期を決定
2018年10月	政府は2019年10月に税率10%への 引き上げ方針を表明
2019年10月	消費税率10%に引き上げ

営業努力が求められる一方で、「買う側」である消費者としては「節約、買わない、見るだけ」サイドに。

さらに、度重なる消費税アップで、税率は2桁の大台に。大騒ぎの導入当初は3%でした。これまでワンコインで買えるのが当たり前だったものが買えず、財布は急に小銭が増えました。

増税前に！　との勢いで、つい要らないものを買ってしまうことも……。増税には冷静な心で向き合っていきたいものです。

自分の価値観でものを持つ

消費における価値観の転換

たくさん持つことが「豊かさ」ではなくなり、自分の価値観で消費を考える。

第21回 二〇〇七年
買っただけいつも忘れるエコバッグ
泡展望

第22回 二〇〇八年
節約とエコと貧乏気持ち次第
前向きなパパ

第24回 二〇一〇年
エコとケチ主役で変わるその呼び名
セコの達人

第32回 二〇一八年
納税で知らない土地もふるさとに
なにわのあっちゃん

第32回 二〇一八年
子におもちゃ捨てると言ったら「イヤ、売って」
しぇありんぐ、え?好みー?

安いモノ志向が進む中、社会の動きや出来事は、消費スタイルを変化させてきました。

例えば、節約だ再利用だと言っていた自分が、いつのまにか地球の救世主に。「ケチ」と言われてきた行動は、未来を救う「エコ」行動だったのです。

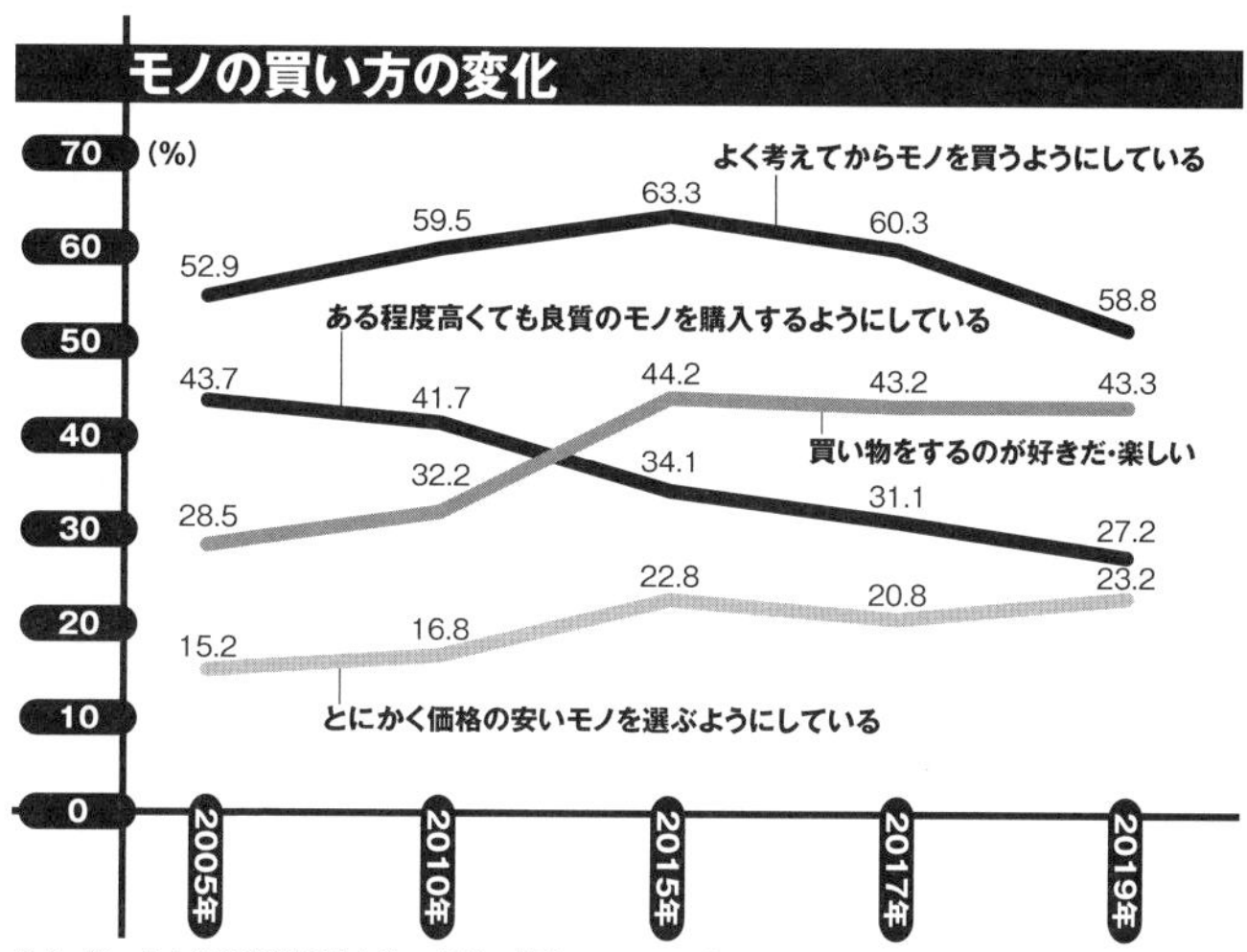

出典：第一生命経済研究所「今後の生活に関するアンケート」2019

インターネットの普及によって、自分の持ち物を簡単に売却できるようになったことも、モノの流れや使い方を大きく変えました。

東日本大震災のあと、「応援消費・支援消費」という形で、被災地を応援する消費スタイルが普及しました。「ふるさと納税」も、本来はそうした「地域を応援する」という消費・納税スタイルです。こうした、自分と、自分以外の幸せも考えて行う「ハピネス志向」の消費を定着させることで、つながりに支えられた「持続的社会」が形成されるのでしょう。

スマートな消費スタイルへ

使い方・お金のカタチ

本当に必要なもの、サービスを自分で選び、利用する時代。新サービスも続々と。

第10回 一九九六年
あの服は同じ通販もー着れない
おしゃれ貴族

第13回 一九九九年
通販の「これもつけて」でついグラリ
テレビの友

第16回 二〇〇二年
ふくらんだ財布の中身はクーポン券
あんみつ

第29回 二〇一五年
ZOZOTOWN(ぞぞたうん)どこにあるかと地図広げ
茶坊主

第32回 二〇一八年
メルカリで妻が売るのは俺の物
島根のぽん太

レンタルやシェアリングのサービスに加え、最近はサブスクリプションサービス※（いわゆる「サブスク」）のような、「利用権」を購入するサービスを使い、定額使用料を支払って毎月たくさんの動画や音楽などを楽しむ人が増えてきました。「自分ではほとんど

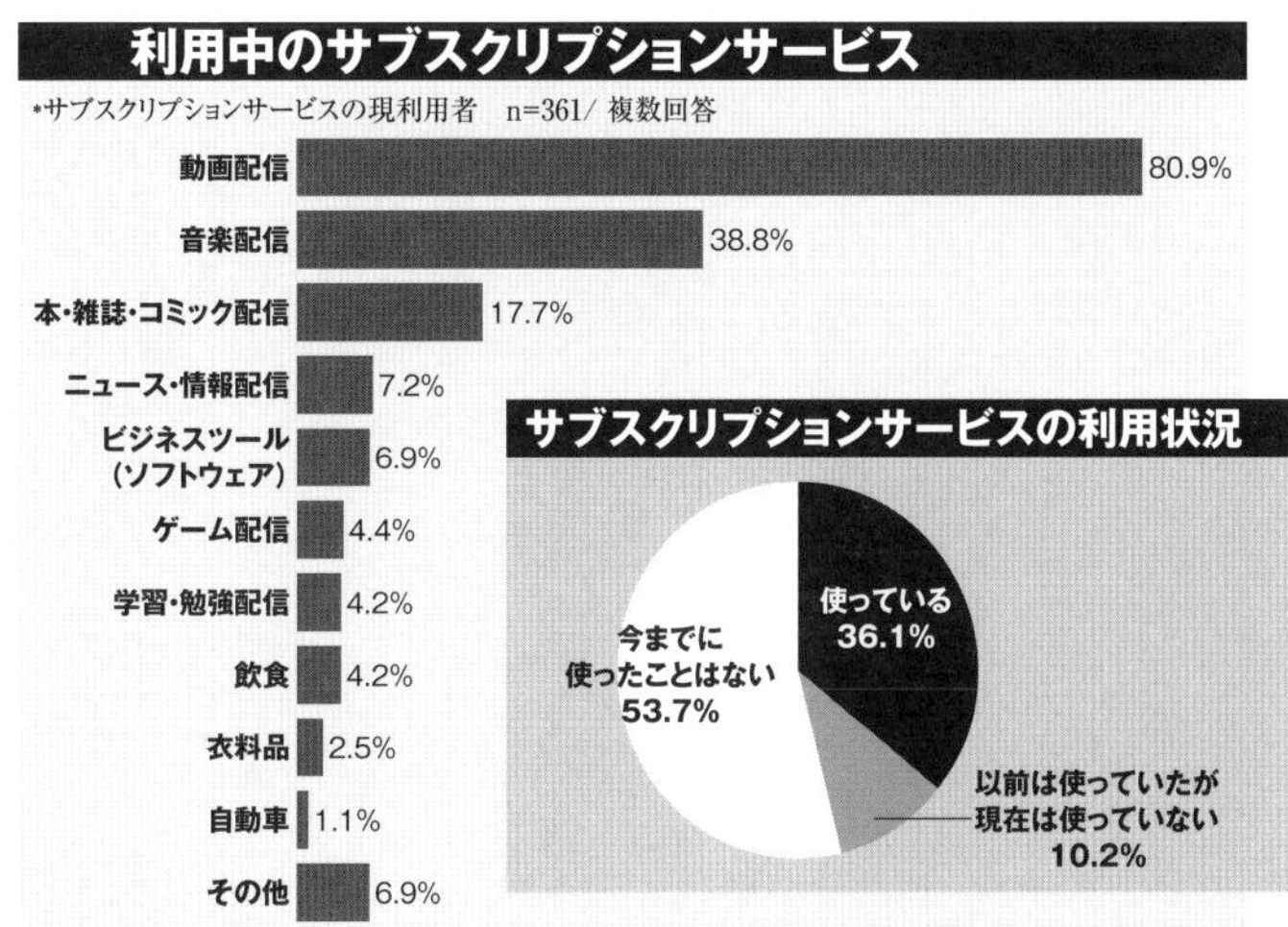

出典：2019年1月「サブスクリプションに関する調査」株式会社マクロミル・翔泳社（MarkeZine）の共同調べ
※東京都、神奈川県、千葉県、埼玉県に在住の15歳~59歳の男女1,000人対象

持っていないのに、いろいろなモノを使っている人」は、こんなスマートな消費をしているのです。

　スマートな消費スタイルの一方で、パツパツに太ったお財布、中身が紙幣ならいいのですが、クーポンだらけという人も多そうです。徐々に各種クーポンは複数企業が提携するポイントカードに集約されつつあり、スマホ決済の普及により現金を持ち歩くことが減れば、お財布は痩せる傾向にあるはずです。

※モノ自体ではなく、「利用権」を購入する消費形態。月ごと・年ごとなどの料金を支払い、その間自由に利用する

モノ消費からコト消費へ

コト消費・コミュニケーション消費

「モノを持つこと」よりも、心地よい時間や有意義な体験などの「コト」に共感。

第6回 一九九二年
長電話会って話せばタダなのに
スキスキスキー

第16回 二〇〇二年
定年の夫（つま）としみじみゆとり旅
富美穂

第21回 二〇〇七年
キャンプする息子「海」「山」親「ビリー」
無視キング

第26回 二〇一二年
スカイツリー家族でのぼると高いツリー
ソラミロタウン

第31回 二〇一七年
思い出よりイイネがほしい女子旅行
加工してなんぼ

家計の消費項目で、この20年以上、右肩上がりなのが「通信費」です。当初は主に電話代だった通信費も、今は、動画サイトやSNS利用によるものに。長電話をして親に怒られた若者世代は、子どものスマホ利用に悩む親世代になりました。

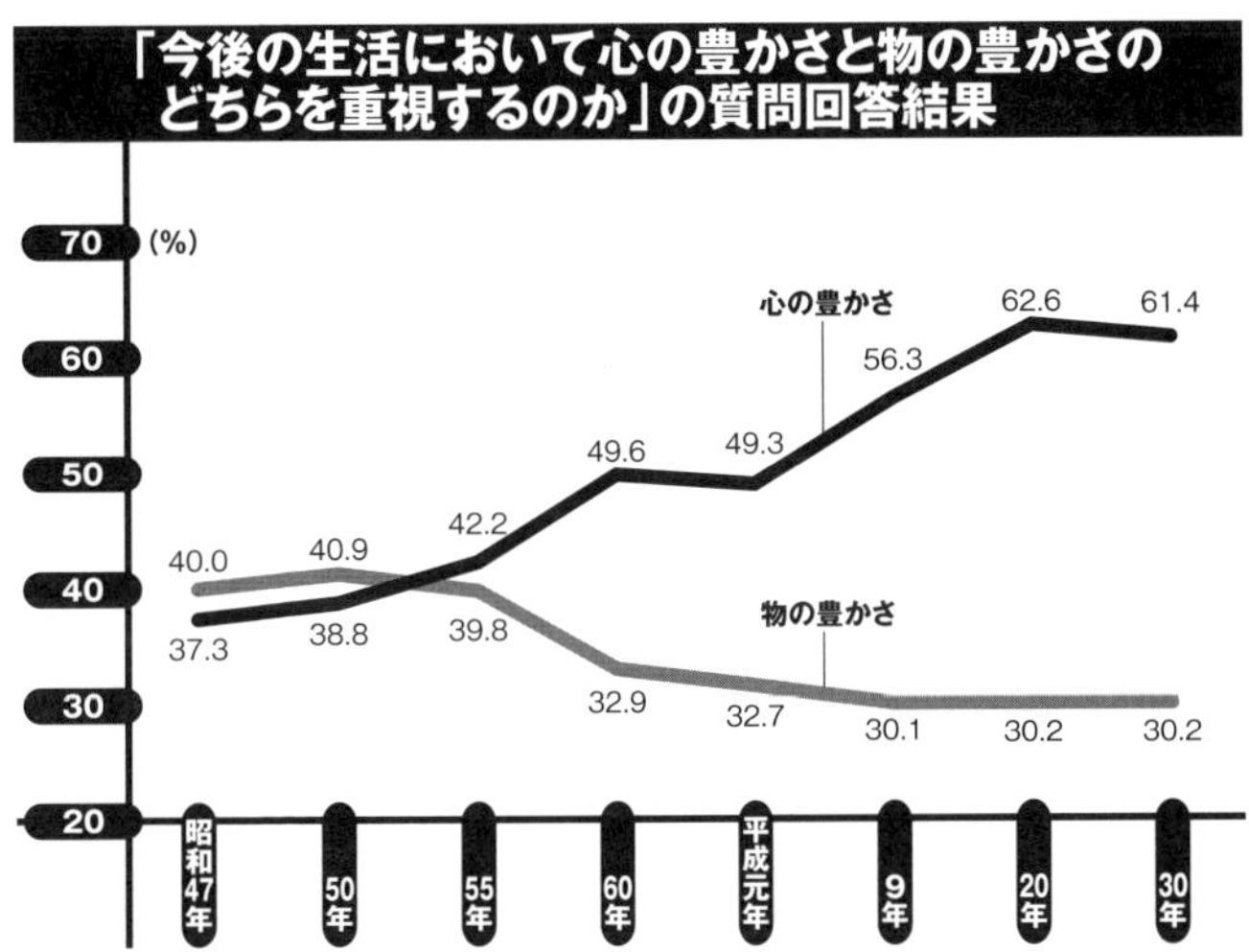

出典：内閣府「国民生活に関する世論調査」

「コト」が「見える化」されたことも大きな変化です。SNSに出来事や写真を投稿し、他者とコミュニケーションを図るなど、コト消費への動きは、技術の進歩も大きく影響しているといえそうです。

「モノをたくさん持つ」ことより、心地よい時間・有意義な体験を積み重ねることが、「豊か」と考えるモノ消費からコト消費への変化。自分の中に蓄積された「満足」が、その人なりの豊かさを形作っていくようです。

QOLの向上を目指す

自己投資・健康投資

今の生活レベルを維持、または向上させるための出費は惜しまないという考え方へ。

第32回 二〇一八年
ホットヨガ汗かく以上にビール飲む　パフ男

不況でもお財布が寂しくても、自分磨きは怠れない！　という人は少なくありません。スキンケア、シェイプアップ、健康維持など、自己投資・健康投資に余念がないのは良いことです。
かいた汗が飲んだビールで台無し？　がんばっているのに全然効果が出な

第7回 一九九三年
顔面の設備投資に不況なし　お化粧上手

第15回 二〇〇一年
バス代を歩いてかせぐ健康法　平凡なパパ

第18回 二〇〇四年
ジム通いやせずにただの筋肉痛　(小)子太りママ

第31回 二〇一七年
健康危惧焦って手を出す健康器具　通販マニア

自己投資やつながり形成に月額どのくらい出費しているか／出費してよいと思うか

	出費額	許容額
自分や家族の健康維持や体力づくり	6,599円	7,426円
将来の就労に向けた学習やスキルアップ	4,804円	6,228円
仲間との交流やネットワークの形成・維持	6,812円	7,669円

出典:第一生命経済研究所「今後の生活に関するアンケート」2019
※18~69歳のうち出費をしていると回答した人の平均額

い？　大丈夫です。目に見える結果が出なくても、行動することでＱＯＬ（クオリティ・オブ・ライフ：生活の質）は高くなります。たとえ体重を減らしたのに、飲んだビールでおつりが来たとしても、がんばった事実は消えません。むしろ、がんばったからこそビールがうまい！　この「幸せ感」はがんばった人にしか味わえない感覚ですね。

結果は数字だけに表れるのではなく、こうしたハピネス体験として蓄積され、あなたのＱＯＬを着実に向上させているのです。

監修：第一生命経済研究所　２０１９年９月発表

サラ川平成史

五・七・五の十七音に想いを込めて、世の中の良いこと・悪いこと・楽しみなこと・不安なことを笑い飛ばして元気に変えてきた「サラ川」。これまでに約一二四万句（第三十三回サラリーマン川柳コンクール応募分まで）もの応募があり、私たちの暮らしにも定着しました。

日常に起こる何気ない出来事をユーモアと風刺のセンスで表現した作品を、一九九〇年（平成二年応募）から二〇一八年（平成三十年応募）までの歴代ベストテンで振り返ってみます。平成の歴史がぎゅぎゅっと詰まった珠玉のサラ川をお楽しみください。

一九九〇

海外渡航者が初の一千万人突破！

第4回 平成2年募集

第2位 一戸建手が出る土地は熊も出る　ヤドカリ

第3位 父帰る一番喜ぶ犬のポチ　ポチ

第4位 運動会抜くなその子は課長の子　ピーマン

第6位 石油危機！使って下さい皮下脂肪　八方美人

第7位 親の希望（ゆめ）つぎつぎ消して子は育つ　月峰

第8位 ああ言えばこう言う奴ほど偉くなり　平社員一同

第9位 よく言うよ金は天下で回りっぱなし　金欠なめちゃん

第10位 久々の化粧に子どももあとずさり　素顔の女

＊著作権者の意向により、掲載しない作品があります。人気投票の順位に変更はありません。

●主な出来事
3月 ゴルバチョフ、ソ連大統領就任。大蔵省が金融機関に対し、不動産融資の総量規制。**4月** 大阪府で「花の万博」開幕。**6月** 秋篠宮家創設。**8月** イラクがクウェートに侵攻。**10月** 東西ドイツ統一。**11月** 任天堂「スーパーファミコン」発売。

●新語・流行語
ファジィ、〝ブッシュホン〟、オヤジギャル、バブル経済

一九九一

湾岸戦争勃発！

第5回

平成3年募集

第1位 まだ寝てる帰ってみればもう寝てる　遠くの我家

第2位 ボーナス日ウラをかえせば返済日　若手役員

第3位 陰口をたたくやつほどゴマをすり　世渡り上手

第4位 一戸建てまわりを見ると一戸だけ　貝満ひとみ

第5位 恋女房何時(いつ)か知らずに肥え女房　スリム願望

第6位 会議中うなづく者ほど理解せず　よみ人知らず

第7位 年とらない秘密教えてサザエさん　よみ人知らず

第8位 上役の命令ファジーで僕ビジー　イエスマン

第9位 知りませんそれは私の担当外　役所マン

第10位 F1を1階フロアという課長　なるほど

●**主な出来事**

1月 多国籍軍がイラク空爆。湾岸戦争。**4月** 100円ショップダイソー1号店。自衛隊、ペルシャ湾へ初の海外派遣。**5月** ディスコ「ジュリアナ東京」開店。**6月** 雲仙普賢岳噴火による大火砕流発生。**8月** 「WWW」ネットサービス開始。**12月** ソ連崩壊。

●**新語・流行語**

…じゃあ～りませんか、若貴、損失補塡、チャネリング

一九九二

東海道新幹線「のぞみ」運転開始

第6回　平成4年募集

第1位　いい家内10年経ったらおっ家内　自宅拒否症

●**主な出来事**
4月　尾崎豊死去。ロサンゼルス暴動。**5月**　公務員完全週休二日制。**6月**　PKO協力法案成立。**7月**　バルセロナ五輪、水泳の岩崎恭子ら金。**8月**　5億円献金問題で金丸信自民党副総裁辞任。**9月**　日本人宇宙飛行士、毛利衛「エンデバー号」搭乗。

●**新語・流行語**
きんさん・ぎんさん、ほめ殺し、もつ鍋、冬彦さん

第3位　さからわずいつも笑顔で従わず　不良OL

第5位　Tバック俺にもくれと湯呑出す　吉北八太郎

第6位　頑張れよ無理をするなよ休むなよ　ビジネスマン

第7位　厚化粧ハエはとまれど蚊は刺せず　タイガージェットシーン

第8位　五億円我が家で貯めれば五億年　まりも

第9位　はいやります今すぐやりますそのまんま　おもいあたるふし男お

第10位　クレジット支払いかさみ暮れじっと　カード趣味

＊著作権者の意向により、掲載しない作品があります。人気投票の順位に変更はありません。

一九九三

Jリーグ開幕!

第7回

平成5年募集

第1位

連れ込むな!わたしは急に泊まれない

紫武都

第3位　耐えてきたそう言う妻に耐えてきた　マスオ

第4位　「妻」の字が「毒」に見えたら倦怠期　FA宣言できない夫

第5位　休暇とれ5時には帰れ仕事せよ　時短推進委員

第6位　帰りぎわとらなきゃよかったこの電話　5時に帰る子

第7位　ナタ・デ・ココどこを切るのと聞くオヤジ　オジサン代表

第8位　Jリーグトイレ混んでてカズダンス　カズ大スキ

第9位　お茶入れたにくたらしいから指入れた　よみ人知らず

第10位　あさ不調ひるまあまあでよる元気　ノリマサデース

＊著作権者の意向により、掲載しない作品があります。人気投票の順位に変更はありません。

●**主な出来事**
1月　曙、外国人初の横綱昇進。**5月**　プロサッカー「Jリーグ」開幕。**6月**　皇太子徳仁親王と小和田雅子さま結婚の儀。**7月**　北海道南西沖地震で奥尻島中心に被害。**8月**　細川連立内閣発足、自民党の「55年体制」崩壊。**12月**　田中角栄死去。

●**新語・流行語**
サポーター、清貧、規制緩和、聞いてないよォ、お立ち台

歴代ベストテン

一九九四

イチローが初の200安打達成!

第8回

平成6年募集

第1位 やせてやる!!コレ食べてからやせてやる!! 栗饅頭之命

第2位 宝くじ馬鹿にしながら根は本気 バブル人

第3位 ふりむくな運転中と化粧中 太鼓秀吉

第4位 父帰る娘出かける妻眠る 欠く家族

第5位 イチローを越えたと二浪の息子言い ながしめ監督

第6位 ようやった!!事情が変ったなぜやった!! 無責任上司

第7位 バット持つこの子は不良か一億か ウォルター

第8位 物かくせ今日はむすめの里帰り 親馬鹿チャンリン

第9位 太るならおいしいもので太りたい 美食家

第10位 塩美容そのまま寝たら一夜漬 漬け物好き

●**主な出来事**

5月 ネルソン・マンデラ、南アフリカ共和国初の黒人大統領。**6月** 村山連立内閣発足。**7月** インターネット書店「Amazon.com」創業。**8月**「ジュリアナ東京」閉店。**10月** 大江健三郎、ノーベル文学賞決定。**12月** ソニー「プレイステーション」発売。

●**新語・流行語**

価格破壊、ヤンママ、大往生、ゴーマニズム、関空

一九九五

阪神・淡路大震災、地下鉄サリン事件

第9回

平成7年募集

第1位 『ゴハンよ』と呼ばれて行けばタマだった　窓際亭主

第2位 ダイエット今食べたのは明日の分　スマート田口

第3位 人が減り給料減って仕事増え　あんどうなつ

第4位 やせるお茶せっせと飲んで水ぶとり　プアール

第5位 なぜ太る同じ食事で妻だけが　太りたい夫

第6位 ダイエット形状記憶で元どおり　珍素材

第7位 そっと起きそっと出掛けてそっと寝る　やさしい夫

第8位 忘年会図に乗り過ぎて送別会　課長 島津多耕作

第9位 カーナビを使える頃には道覚え　百楽太郎

第10位 クラス会担任よりも老けた奴　落第生

●**主な出来事**
1月 阪神・淡路大震災。**3月** オウム真理教による地下鉄サリン事件。**4月** 東京都知事に青島幸男当選。**5月** テレサ・テン死去。**7月** PHSのサービス開始。「プリント倶楽部(プリクラ)」発売。**10月** アニメ「新世紀エヴァンゲリオン」放送開始。

●**新語・流行語**
無党派、NOMO、がんばろうKOBE、ポア

一九九六 初の小選挙区比例代表並立制選挙 第10回 平成8年募集

第1位 「早くやれ」そういうことは早く言え 新舞い

第2位 ジミ婚がはやってほしいと願う親 ウチは三人娘
第3位 パパ似だと言われ泣きだすわが娘 美人妻をもつ夫
第4位 SMAPをどこの地図だと聞くおやじ 時代おくれ
第5位 「知恵を貸せ」貸したらおしまい「君がやれ」 口達者
第6位 窓際もだんだん増えて活気出る 愛す亭
第7位 胃じゃなくてチョーがムカツク女子高生 胃腸薬
第8位 ウィンドウズ窓はあけたがしめられず ドロボー
第9位 退社ベル鳴ったとたんに去る眠気 半可通
第10位 ダイエット乗馬に通い馬がやせ うっかりママ

●**主な出来事**
2月 任天堂「ポケットモンスター」発売。**3月** カプコン、PS用「バイオハザード」発売。**4月** 「Yahoo! Japan」のサービス開始。**7月** クローン羊「ドリー」誕生。**8月** 渥美清死去。**10月** 初の小選挙区比例代表並立制衆院選。**11月** バンダイ「たまごっち」発売。

●**新語・流行語**
自分で自分をほめたい、メークドラマ、チョベリバ

一九九七

消費税5%に

第11回　平成9年募集

第1位　わが家では子供ポケモンパパノケモン　万年若様

第2位　入歯見て目もはずしてとせがむ孫　ハッスル爺さん

第3位　売る人の顔見てやめた化粧品　詩主

第4位　ポケモンの名前おぼえて九九いえず　そらまめ

第5位　貯金なし証券もなし被害なし　平成（平静）サラリーマン

第6位　管理職ハンコがあれば留守がいい　狭山茶薫

第7位　ピアスまではずしてはかる体重計　乙女の祈り

第8位　ワープロを頼む上司の字が読めぬ　和尚

第8位　「何食べたい？」聞くな作ったことがない　料理教室

第10位　目で言うな言いたいことは口で言え　なんちゃって

●主な出来事

2月　渡辺淳一の『失楽園』刊行。**4月**　消費税が5％にアップ。**5月**　神戸連続児童殺傷事件。**7月**　香港が中国に返還。**8月**　ダイアナ元皇太子妃事故死。**11月**　山一證券が経営破綻、自主廃業。**12月**　気候変動に関する「京都議定書」採択。

●新語・流行語

失楽園、ガーデニング、もののけ姫、マイブーム

一九九八

物価横ばい、賃金は下落

第12回

平成10年募集

第1位　コストダウンさけぶあんたがコスト高　四万十川 信彦

第2位　女房が腹でしてみるだっちゅうの　エレキ猫

第3位　恋人がいるかと聞かれ「はいいります」　西川 纉澄子（かずこ）

第4位　ブリはいい！生きてるだけで出世する　アトムの息子

第5位　子は宝商品券で再確認　仕事好き夫

第6位　「ちょっと来い」ちょっとであったためしない　ももんがんが

第7位　できるなら女房初期化してみたい　中年パソコン魔

第8位　仕事しろ残業するな成果出せ　頭 古風男

第8位　うわさの木根も葉もないのに良く育つ　読み人知らず

第10位　妻だから運転できる火の車　藤原湖

●**主な出来事**
2月　郵便番号7桁に。長野冬季五輪、スキーの船木和喜ら金5個。**4月**　4党合流で（新）民主党結成。**6月**　完全失業率、男女とも4％超え。サッカーW杯、日本初出場。**7月**　小渕内閣発足。**8月**　北朝鮮、ミサイル発射実験。**12月**　米英、イラク空爆。

●**新語・流行語**
凡人・軍人・変人、だっちゅーの、貸し渋り、老人力

一九九九

Y2K(西暦2000年)問題

第13回

平成11年募集

第1位 プロポーズあの日にかえってことわりたい　恐妻男

第2位 ハイ!できます上司は言うがやるのオレ!　しがらみ

第3位 出来ちゃった結婚しちゃった飽きちゃった　三日茶髪

第4位 気分良く一〇〇円ショップでムダ遣い　好景気

第5位 風呂の順オヤジ最後で掃除つき　オヤジサマ

第6位 ボーナスにはかせてみたい厚底を　案山子

第7位 Y2Kどんな間取りだ室(へや)いくつ　ハセジイ

第8位 やってみろ!言うならお手本してみせろ!!　トモサカ

第9位 新社員紹介されたら父だった　リストラの父の子

第10位 赤ちょうちん会議の時より意見でる　サラリーマンA

●**主な出来事**

1月 欧州圏の通貨「ユーロ」発足。**2月** 日銀、ゼロ金利政策導入。NTTドコモ「iモード」サービス開始。**4月** 東京都知事に石原慎太郎当選。**5月** ソニーが家庭用ロボット「AIBO」限定受注販売。**6月** 男女共同参画社会基本法成立。

●**新語・流行語**

学校崩壊、カリスマ、リベンジ、西暦2000年問題、癒し

二〇〇〇

「Google」が日本語版サービス開始

第14回

平成12年募集

第1位　ドットコムどこが混むのと聞く上司　ネット不安

第2位　赤い糸やがて夫婦はコードレス　チャーシューマン

第3位　仕事やれ人に言わずにお前やれ　ピカチュウ

第4位　部分痩せしたい所が大部分　木守

第5位　素顔見ただだますつもりがだまされた　新婚の夫

第6位　イチローの三日分だよ我が年収　ミスターA

第7位　「任せた」は「俺は知らん」の丁寧語　愛亭角衛

第8位　続柄あわてて「妻」を「毒」と書き　いじめられ夫

第9位　土地もある家もあるのに居場所なし　恐妻家人

第10位　メル友に会ってみたら我が主人　沙羅仙人

●**主な出来事**
3月　プーチン、ロシア大統領就任。**4月**　介護保険制度施行。都営地下鉄12号線が「大江戸線」と改称。**7月**　三宅島噴火。**9月**　シドニー五輪、マラソンの高橋尚子ら金5個。「Google」が日本語版サービス開始。**10月**　長野県知事に田中康夫当選。

●**新語・流行語**
IT革命、ジコチュー、パラパラ

二〇〇一 **9・11アメリカ同時多発テロ勃発!**

第15回 平成13年募集

第1位 **デジカメのエサはなんだと孫に聞く** 浦島太郎

第2位 「窓際」もいまや高嶺の激戦区 席なし男

第3位 職安で働かせろよこの盛況 南馬志良人

第4位 国民にしわ寄せよりも幸せを 木守

第5位 社の幹部裏を返せば社の患部 美人OL

第6位 へそくりは千と小ぜにの金(かね)隠し とっちゃんのママ

第7位 iモード妻にもほしい愛モード 独楽

第8位 リストラはないのかモー娘。また増員 グルグル

第9位 まじっスカスカがついてていねい語 サラ川小町

第10位 リストラも労災ですかと聞く社員 柳の舞

●**主な出来事**

1月 インターネット百科事典「Wikipedia」英語版開始。ブッシュ、アメリカ大統領就任。**4月** 小泉内閣発足。**7月** 宮崎駿監督の「千と千尋の神隠し」公開。**9月** アメリカ同時多発テロ。**12月** 敬宮愛子内親王誕生。「ハリー・ポッターと賢者の石」日本公開。

●**新語・流行語**

聖域なき改革、米百俵、狂牛病、DV

二〇〇二

日韓共催サッカーW杯

第16回

平成14年募集

第1位　タバコより体に悪い妻のグチ　小心亭主

第2位　やめてやる三億当たれば言ってやる！　小心者

第3位　ついに来た俺も週休七日制　山川草木

第4位　髪型は息子ベッカム父ジダン　P・K

第5位　化粧とりプールに入ったママはどこ　迷える羊

第6位　いやし系うちにいるのはいあつ系　ますお

第7位　年収はゴジラ松井の一打席　上段赤7

第8位　上司どもパソコン見ないで現場見ろ!!　営業ウーマン

第9位　本物のビール買ったら妻激怒　発泡美人

第10位　「オーイお茶」次の言葉は「入ったぞ」　調味料

●**主な出来事**

1月　ブッシュ大統領「悪の枢軸」発言。**4月**　完全学校週五日制が開始。**5月**　日韓共催のサッカーW杯開幕。**8月**　住基ネット開始。**10月**　小柴昌俊にノーベル物理学賞、田中耕一にノーベル化学賞決定。北朝鮮拉致被害者5人が帰国。

●**新語・流行語**

タマちゃん、W杯、貸し剝し、内部告発

二〇〇三 イラク・フセイン政権崩壊！ 第17回 平成15年募集

第1位 「課長いる？」返ったこたえは「いりません！」 ごもっとも

第2位 『前向きで』駐車場にも励まされ プラス思考

第3位 やめるのか息子よその職俺にくれ 独楽

第4位 妻の声昔ときめき今動悸 紙風船

第5位 メール打つ早さで仕事がなぜ出来ぬ 年末調整

第6位 恋仇譲れば良かった今の妻 卜占（ボクセン）

第7位 知っている部長の香水ファブリーズ ペットなみ

第8位 父見捨て子供プレステ母エステ 空とぶ竹ぼうき

第9位 体重計踏む位置ちょっと変えてみる 彩のパパ

第10位 「ご飯いる？」「いる」の返事で妻不機嫌 耐える夫

●**主な出来事**

1月 横綱貴乃花、引退発表。朝青龍、横綱昇進。**2月** アメリカのスペースシャトル・コロンビア号空中分解事故。**3月** イラク戦争始まる。**4月** NHK・BSで「冬のソナタ」放送開始。イラク・フセイン政権崩壊。六本木ヒルズ開業。**5月** 個人情報保護法成立。

●**新語・流行語**

マニフェスト、SARS、バカの壁、へぇ〜

二〇〇四

「mixi」開始、SNS時代の到来

第18回　平成16年募集

第1位 オレオレに亭主と知りつつ電話切る　反抗妻

第2位　ぺと言えば母はヨンジュン父加トちゃん　夢と現実

第3位　「振り込め」と言われたその額持ってない　とっちゃんのママ

第4位　ヨン様かあオレは我家でヨソ様さ　凍児

第5位　有害だ「まぜるな危険！」嫁(よめ)姑(しゅうと)　漂泊亭主

第6位　オレオレはマツケンサンバだけでいい　鷺羽嫌太(サギハイヤダ)

第7位　「残念！」と俺の給料妻が斬(き)り　切腹パパ

第8位　「何食べる？」何があるのか先に言え　心のつぶやき

第9位　所得税所得増えずになぜ増える。　税金泣かされ夫

第10位　ケンカしてわかった妻の記憶力　機関銃

●**主な出来事**
1月　山口県で鳥インフルエンザ発生。**2月**　SNS「mixi」サービス開始。**3月**　改正労働者派遣法施行。**8月**　関西電力美浜原発蒸気漏れ事故で5人死亡。アテネ五輪、柔道など金16個。**10月**　新潟県中越地震。**11月**　20年ぶりの新紙幣発行。

●**新語・流行語**
気合だー！、負け犬、新規参入、ヨン様

二〇〇五

オフィスにクールビズ導入

第19回

平成17年募集

第1位　昼食は妻がセレブで俺セルフ　一夢庵

第2位　年金はいらない人が制度決め　元平社員

第3位　ウォームビズふところ常にクールビズ　環境財務大臣

第4位　二歳だろトロウニ選ぶな卵食え　読み人知られたがらず

第5位　妻の口マナーモードに切りかえたい　ポチのパパ

第6位　片付けろ！言ってた上司が片付いた　清掃業者

第7位　痩せるツボ脂肪が邪魔し探せない　雪乃このひとりごと

第8位　ダイエット食費以上に金かけて　蓮華

第9位　「買っていい？」聞く時既に買ってある　エレキ猫

第10位　散髪代俺は千円犬一万　下流の夫

●主な出来事

2月「YouTube」設立。**3月** カカクコムが「食べログ」開設。愛知県で「愛・地球博」開催。島根県が条例で「竹島の日」制定。**4月** 中国で反日デモが激化。**7月** ロンドン同時多発テロ。**8月** 衆議院「郵政解散」。**10月** 郵政民営化関連法案成立。

●新語・流行語

小泉劇場、想定内、クールビズ、富裕層、萌え～、ブログ

二〇〇六

エロカワイさと品格と

第20回

平成18年募集

第1位　脳年齢年金すでにもらえます　満33歳

●主な出来事
1月　ライブドア事件。**2月**　トリノ冬季五輪、スケートの荒川静香が金。**8月**　山中伸弥教授らが「iPS細胞」作製成功。夏の甲子園で斎藤佑樹投手の早稲田実業優勝。**9月**　悠仁親王誕生。安倍連立内閣発足。**12月**　地上デジタル放送が全国で開始。

●**新語・流行語**
イナバウアー、ハンカチ王子、ミクシィ、品格、エロカワイイ

第2位　このオレにあたたたかいのは便座だけ　宝夢卵

第3位　犬はいい崖っぷちでも助けられ　オレも崖っぷち

第4位　アレどこだ？アレをコレするあのアレだ！　読み人知らず

第6位　忘れぬようメモした紙をまた捜す　敢山

第7位　イナバウアー一発芸で腰痛め　小太(こぶと)りおじさん

第8位　「ご飯ある？」「ツクレバアルケド」「ならいいです…」　腹減った

第9位　脳トレをやるなら先に脂肪トレ　鉄人28年生れ

第10位　たまったなぁお金じゃなくて体脂肪　サラ川小町

＊著作権者の意向により、掲載しない作品があります。人気投票の順位に変更はありません。

二〇〇七 「iPhone」発売、スマホの時代へ！

第21回 平成19年募集

第1位 「空気読め!!」それより部下の気持ち読め!! のりちゃん

第2位 「今帰る」妻から返信「まだいいよ」 えむ

第3位 減っていく…ボーナス・年金 髪・愛情 ピュアレディ

第4位 円満は見ざる言わざる逆らわず ソクラテス

第5位 ゴミだし日すてにいかねばすてられる 読み人知らず

第6位 「好きです」とアドレス間違え母さんに 蒼空

第7位 国民の年金、損なの関係ねえ 官僚

第8位 社長より現場を良く知るアルバイト 岩手一戸の人

第9位 赤字だぞあんたが辞めればすぐ黒字 はぐれ鳥

第10位 「いつ買った?」返事はいつも「安かった」 騙されない夫

●**主な出来事**

1月 アップル「iPhone」発表。東国原英夫、宮崎県知事就任。**2月** 年金記録もれ発覚。**5月** 国民投票法成立。**7月** 学校裏サイトによるいじめで高校生自殺。**8月** サブプライム問題顕在化。**9月** 福田連立内閣発足。**10月** 船場吉兆偽装問題。

●**新語・流行語**

ネットカフェ難民、鈍感力、食品偽装、大食い

二〇〇八

リーマン・ショックで経済大打撃！

第22回

平成20年募集

第1位　しゅうち心なくした妻はポーニョポニョ　オーマイガット

第2位　久しぶりハローワークで同窓会　転起

第3位　ぼくの嫁国産なのに毒がある　歩人

第4位　朝バナナ効果があったのお店だけ　品切れ店長

第5位　やせたのは一緒に歩いた犬の方　花鳥風月

第6位　「ストレスか？」聞かれる上司がその原因　読み人知らず

第7位　コスト下げやる気も一緒に下げられる　敏腕経営者

第8位　「パパがいい！」それがいつしか「パパはいい」　はりきりパパ

第9位　胸よりも前に出るなと腹に言う　えんどうまめ

第10位　篤姫に仕切らせたいな国会を　玲子命

●主な出来事

1月　NHK大河ドラマ「篤姫」。中国産冷凍餃子中毒事件。**4月**　後期高齢者医療制度、特定健康診査（メタボ検診）開始。「Twitter」日本語版開始。**5月**「Facebook」日本語版開始。**6月**　秋葉原通り魔殺人事件。**9月**　リーマン・ショック。麻生内閣発足。

●新語・流行語

アラフォー、名ばかり管理職、ゲリラ豪雨

二〇〇九

衆院選で民主党勝利、政権交代！

第23回　平成21年募集

第1位　仕分け人妻に比べりゃまだ甘い　北の揺人

第2位　「先を読め！」言った先輩リストラに　山悦

第3位　ただいまは犬に言うなよオレに言え　さらば地球

第4位　「離さない！」10年経つと話さない　倦怠夫婦

第5位　すぐ家出諭吉はわが家の問題児　甘下り

第6位　先を読め読めるわけない先がない　先端社員

第7位　こどもでも店長なのにと妻なげく　みいみい

第8位　体脂肪燃やして発電出来ないか　ちょびっと

第9位　70歳オラの村では青年部　長老A

第10位　妻キレて「来とうなかった嫁になど」　一見(いっけん)

●**主な出来事**

1月　オバマ、アメリカ大統領就任。**3月**　定額給付金支給開始。**5月**　裁判員制度開始。**8月**　衆院選挙で民主党勝利、政権交代。**9月**　鳩山由紀夫内閣発足。**10月**　厚労省、平成19年の相対的貧困率が15・7％と公表。**11月**　民主党政権による事業仕分け。

●**新語・流行語**

政権交代、草食男子、歴女、年越し派遣村

二〇一〇

ねじれ国会による政治混乱起こる

第24回 平成22年募集

第1位 久しぶり~名が出ないまま(シーゲ)じゃあまたね~

第2位 クレームも社員じゃわからんパート出せ　サラ川小町

第3位 何になる？子供の答えは正社員　氷河期

第4位 ときめきは四十路(よそじ)過ぎると不整脈　ミセスハッコ

第5位 指舐めてページをめくるアイパッド　化石パパ

第6位 ボーナスはメガネかけても飛び出さず　3D頼り夫

第7位 おこらすなママのいかりはパパにくる　ベスパパ

第8位 最近はケータイ無いと字が書けず　生徒会長

第9位 そびえ立つ妻は我が家のスカイツリー　やなぎびと

第10位 小遣いを下(ゲ)・下(ゲ)・下(ゲ)と下げる我が女房　目玉おやじ

●**主な出来事**
1月 日本年金機構発足。JALが会社更生法適用申請。**2月** バンクーバー冬季五輪。**3月** NHK朝ドラ「ゲゲゲの女房」。**5月**「iPad」日本で発売開始。**6月** 菅内閣成立。**7月** 参院選で自民党勝利、ねじれ国会に。**9月** 尖閣諸島で中国漁船衝突事件。

●**新語・流行語**
イクメン、AKB48、女子会、「～なう」

二〇一一

東日本大震災発生、福島原発で事故

第25回

平成23年募集

第1位 「宝くじ当たれば辞める」が合言葉　事務員A

第2位 女子会と聴(き)いて覗(のぞ)けば六十代　ビート留守

第3位 妻が言う「承知しました」聞いてみたい　大魔神

第4位 スマートフォン妻と同じで操れず　妻ーとフォン

第5位 EXCELをエグザイルと読む部長　怪傑もぐり33世

第6位 何気ない暮らしが何より宝物　考えボーイ

第7位 胃カメラじゃ決して見えない腹黒さ　レントゲン

第8位 立ち上がり目的忘れまた座る　健忘術数

第9位 定年後田舎に帰れば青年部　フミヤフレンドリークラブ

第10位 最近は忘れるよりも覚えない　てくてく

●**主な出来事**

1月　「アラブの春」の民主化運動開始。**3月**　東日本大震災発生。東京電力福島第一原発事故。**5月**　米軍、オサマ・ビンラディン殺害。**6月**　「LINE」サービス開始。**7月**　地上アナログ放送終了。**9月**　野田内閣成立。**10月**　スティーブ・ジョブズ死去。

●**新語・流行語**

なでしこジャパン、絆、スマホ、帰宅難民

二〇一二

第二次安倍内閣発足

第26回

平成24年募集

第1位 いい夫婦今じゃどうでもいい夫婦 マッチ売りの老女

第2位 電話口「何様ですか?」と聞く新人 吟華

第3位 「辞めてやる!」会社にいいね!と返される 元課長

第4位 風呂にいたムカデ叩けばツケマツゲ おやじパニュパニュ

第5位 ダルビッシュ一球だけで我が月給 ABNA48

第6位 スッピンでプールに入り子が迷子 アジ

第7位 人生にカーナビあれば楽なのに 元サラ

第8位 すぐキレる妻よ見習えLED 忍耐夫

第9位 ワイルドな妻を持つ俺女々しくて あんこもち

第10位 何かをね忘れたことは覚えてる 万華鏡

●**主な出来事**
1月 天皇陛下、心臓手術。**5月** 東京スカイツリー開業。**7月** 格安航空会社「ジェットスター・ジャパン」就航。**9月** 尖閣諸島の3島を国有化。**10月** オスプレイ、普天間基地に配備。山中伸弥教授、ノーベル生理学・医学賞決定。**12月** 第二次安倍内閣発足。

●**新語・流行語**
iPS細胞、維新、終活、格安航空会社(LCC)

二〇一三

大胆な金融緩和政策で円安、株高に

第27回

平成25年募集

第1位 うちの嫁後ろ姿はフナッシー　段三つ

第2位 もの忘れべんりな言葉「あれ」と「それ」　政権はママのもの

第3位 妻不機嫌お米と味噌汁「お・か・ず・な・し」　不幸な男

第4位 帰宅してうがい手洗い皿洗い　しゅうくりーむ

第5位 おもてなし受けてみたいがあてもなし　えんかつ

第6位 「イイネ」には、「どうでもイイネ」が約五割　ほんで？

第7位 やられたらやり返せるのはドラマだけ　夢追人

第8位 「オレオレ」に爺ちゃん一喝「無礼者！」　ビート留守

第9位 いつやるの？聞けば言い訳倍返し　受験生ママ

第10位 わんこより安い飯代ワンコイン　春の夢

●主な出来事

1月　アルジェリア人質事件。**2月**　ふなっしー、CMに登場。朴槿恵、韓国大統領就任。**4月**　NHK朝ドラ「あまちゃん」。**5月**　出雲大社、平成の大遷宮。**9月**　2020年東京五輪開催決定。**10月**　伊勢神宮、式年遷宮。**12月**　特定秘密保護法成立。

●新語・流行語

今でしょ！、お・も・て・な・し、じぇじぇじぇ、倍返し

二〇一四

消費税8%に引き上げ

第28回

平成26年募集

第1位　皮下脂肪資源にできればノーベル賞　イソノ家

第2位　湧きました妻よりやさしい風呂の声　湘南おじん

第3位　妖怪かヨー出るヨー出る妻の愚痴　こまさん

第4位　壁ドンを妻にやったら平手打ち　若ジイジ

第5位　記念日に「今日は何の日?」「燃えるゴミ!!」　FUTA

第6位　増えていく暗証番号減る記憶　なにが正しい

第7位　あ、定年これから妻が我が上司　呼人（よびと）

第8位　オレオレとアレアレ増える高齢化　エビカニ

第9位　ひどい妻寝ている俺にファブリーズ　冷てえ!

第10位　充電器あったらいいな人間用　電池切れ

●**主な出来事**
1月　STAP細胞論文発表。**2月**　佐村河内守のゴーストライター事件。ソチ冬季五輪。**3月**　「アナと雪の女王」公開。**4月**　消費税8%に引き上げ。韓国「セウォル号」沈没事件。**9月**　御嶽山噴火。**10月**　日本人3名がノーベル物理学賞。**11月**　高倉健死去。

●**新語・流行語**
集団的自衛権、マタハラ、壁ドン、妖怪ウォッチ

二〇一五

流行語は「爆買い」

第29回

平成27年募集

第1位 退職金もらった瞬間妻ドローン　元自衛官

第2位 じいちゃんが建てても孫はばあちゃんち　川亨

第3位 キミだけはオレのものだよマイナンバー　マイナ

第4位 娘来て「誰もいないの？」オレいるよ　チャッピー

第5位 福沢を崩した途端去る野口　サイの京子

第6位 カーナビよ見放さないで周辺で　トラ吉ジイジ

第7位 決めるのはいつも現場にいない人　七色とうがらし

第8位 妻が見る「きょうの料理」明日もでず　グルメ老

第9位 ラインより心に響く置手紙　豆電球

第10位 愛犬も家族の番付知っている　ワンワンマン

●**主な出来事**
1月 ＩＳ（イスラム国）が邦人2人を殺害。**3月** 北陸新幹線開業。**6月** 選挙権年齢が18歳以上に引き下げ。**9月** 安保関連法案成立。**10月** ＴＰＰ大筋合意。ラグビーＷ杯で日本が躍進。**12月** 新国立競技場設計やり直し案、ようやく決定。

●**新語・流行語**
爆買い、一億総活躍社会、五郎丸、ドローン、SEALDs

二〇一六

みんな踊ったPPAP

第30回 平成28年募集

第1位 ゆとりでしょ？・そう言うあなたはバブルでしょ？ なおまる御前

第2位 久しぶり！聞くに聞けない君の名は 健忘賞

第3位 ありのままスッピンみせたら君の名は？ もうすぐ花嫁

第4位 同窓会みんなニコニコ名前出ず まあちゃん

第5位 「パパお風呂」入れじゃなくて掃除しろ 家内関白

第6位 君の名はゆとり世代の名が読めず くまねこもも

第7位 病院でサミットしている爺7 アキちゃん

第8位 ばあちゃんがオシャレにキメる通院日 ベラ

第9位 オレのボスヤフーでググれと無理を言う 田舎出身自衛官

第10位 職場でも家でもおれはペコ太郎 北の勝

●**主な出来事**

1月 日銀がマイナス金利政策導入。**3月** 民進党誕生。**4月** 電力小売りの全面自由化。最大震度7の熊本地震。**5月** パナマ文書公開。**7月** 東京都知事選で小池百合子勝利。**8月** リオ五輪。天皇陛下が退位の意向を表明。**11月** パリ協定発効。米大統領選でトランプ勝利。

●**新語・流行語**

シン・ゴジラ、都民ファースト、神ってる

二〇一七

「インスタ映え」が流行を左右

第31回

平成29年募集

第1位 スポーツジム車で行ってチャリをこぐ　あたまで健康追求男

第2位 「ちがうだろ！」妻が言うならそうだろう　そら

第3位 ノーメイク会社入れぬ顔認証　北鎌倉人

第4位 効率化進めて気づく俺が無駄　さごじょう

第5位 電子化について行けずに紙対応　トリッキー

第6位 「マジですか」上司に使う丁寧語　ビート留守

第7位 父からはライン見たかと電話来る　アカエタカ

第8位 「言っただろ！」聞いてないけど「すみません」　中っ端

第9位 減る記憶それでも増えるパスワード　脳活

第10位 ほらあれよ連想ゲームに花が咲く　さっちゃん

●主な出来事

1月　「都民ファーストの会」発足。**2月**　金正男氏殺害される。**3月**　英国、EUからの離脱正式通告。**4月**　浅田真央、現役引退。**6月**　シャンシャン誕生。藤井聡太、公式戦29連勝。**7月**　森友学園前理事長夫妻逮捕。**11月**　第四次安倍内閣発足。横綱・日馬富士引退。

●新語・流行語

忖度、インスタ映え、フェイクニュース

二〇一八

平成最後の流行歌「U.S.A」

第32回

平成30年募集

第1位 五時過ぎたカモンベイビーUSA(うさ)ばらし　盆踊り

第2位 いい数字出るまで測る血圧計　とん吉

第3位 メルカリで妻が売るのは俺の物　島根のぽん太

第4位 ノー残業趣味なし金なし居場所なし　リトルプー

第5位 「やせなさい」腹にしみいる医者の声　べごちゃん

第6位 やっと縁切れた上司が再雇用　アカエタカ

第7位 手紙書き漢字忘れてスマホ打ち　忘却の人

第8位 下腹が気づかぬ内にひょっこりはん　のあ

第9位 U・S・A流行りにのれないまあいっさ　しん

第10位 叱(しか)っても褒(ほ)めても返事は「ヤバイッス!」　国語辞典

●**主な出来事**
1月 仮想通貨流出。**2月** 平昌五輪冬季最多メダル13個。**5月** 映画「万引き家族」カンヌ最高賞。**6月** 働き方改革関連法成立。潜伏キリシタン関連遺産が世界文化遺産に。**7月** 西日本豪雨。**9月** 北海道胆振東部地震最大震度7 **10月** 豊洲市場開場。**11月** 日産・ゴーン会長逮捕。

●**新語・流行語**
あおり運転、そだねー、おっさんずラブ

二〇二〇

新型コロナウイルス大流行

第34回

令和2年募集

第1位

第2位

第3位

第4位

第5位

第6位

第7位

第8位

第9位

第10位

次回のベストテンはあなたかも？

疫病のパンデミックで東京オリンピックが延期に。今年はこの話題に尽きるのでしょうか……。募集の詳細は令和2年9月頃（予定）に、第一生命よりご案内いたします（募集締切は11月の予定）。サラ川諸氏の力作のご応募を、心よりお待ち申し上げます。

第一生命「サラリーマン川柳コンクール」のご案内

「サラ川」傑作の数々に触れて、自分も応募してみたくなった方も、またライバルの名句を目のあたりにして、今年もいい句を作るぞ！　と気持ちを新たにされた方も、サラリーマン川柳について、少しおさらいしてみましょう。

ここでは応募方法など「サラリーマン川柳コンクール」の流れを、簡単にご説明します。

●応募資格は？

サラリーマンの方、主婦の方など、老若男女問わず幅広く参加いただけます。

●どんな内容の句を詠めばいい？

自由です。一年を振り返ってみても、最近のことでも構いません。日々の暮らしの中で感じた嬉しいことや楽しいこと、つらいことでも悲しいことでも、ユーモアたっぷりにお詠みください。ただ、ご応募いただく作品は、未発表のものに限らせていただきます。

●いつ頃応募できる？

毎年、9〜11月頃に、インターネットでご応募を受け付けております。ホームページは応募だけでなく、お役立ち情報も満載ですので、ぜひアクセスをしてみてください。スマートフォンから左のQRコードを読み取ってアクセスすることも可能です。

ホームページアドレス

https://event.dai-ichi-life.co.jp/company/senryu/index.html

●選考と結果発表は？

第一生命において選考委員会を設け、選考委員が「共感できる」作品一〇〇傑を選考・選出します。その一〇〇傑について、翌年1月下旬頃実施される「サラ川ベスト10投票」にて、全国のサラ川ファンの方に人気投票していただき、ベスト10を決定します。

投票結果は、5月発行予定の「第一生命サラリーマン川柳傑作二〇〇選」の小冊子（非売品）、ならびに第一生命ホームページでお知らせしています。

●雅号って？ 作品の取り扱いは？

雅号とは、いわば川柳作家のペンネームです。入選作品の発表は、プライバシー保護の観点から、雅号で行いますので、素敵な雅号を添えてご応募ください。また、ご応募いただいた作品の著作権は、第一生命（主催者）に属します。

表紙画　やくみつる
装丁　小森ネコ
校正　青木一平
編集協力　松井由理子
中村 伸
DTP　天龍社

サラリーマン川柳 とびきり傑作選

二〇二〇年六月五日　第一刷発行

編著者　やくみつる
やすみりえ
編者　第一生命
NHK出版

発行者　森永公紀
発行所　NHK出版
〒一五〇―八〇八一 東京都渋谷区宇田川町四一―一
電話〇五七〇―〇〇二―一四三(編集)
〇五七〇―〇〇〇―三二一(注文)
ホームページ http://www.nhk-book.co.jp
振替 〇〇一一〇―一―四九七〇一
印刷　大熊整美堂
製本　藤田製本

Printed in Japan
ISBN 978-4-14-016276-7 C0092